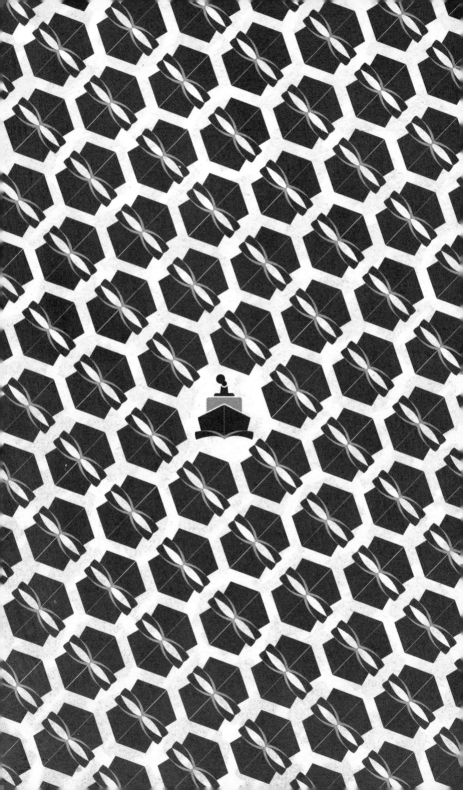

EL EXTRAÑO CASO DEL
DR. JEKYLL Y MR. HYDE

Robert Louis Stevenson

Buque de letras

El extraño caso del Dr.Jekyll y Mr. Hyde
Robert Louis Stevenson

© Dora Tapia | | traducción
© Genoveva Saavedra | | diseño de colección y portada
© iStockphoto | | Floortje (jeringa) y artas (cuchillo).

D.R. © Selector S.A. de C.V. 2018
Doctor Erazo 120, Col. Doctores,
C.P. 06720, México D.F.

ISBN: 978-607-453-564-8
Primera edición: agosto de 2018

Buque de **Letras**® es una marca registrada de

SÉLECTOR
ACTUALIDAD EDITORIAL

Impreso en México
Printed in Mexico

Índice

I
Lo ocurrido en una puerta

El abogado Utterson tenía un rostro surcado de arrugas que jamás se vio iluminado por una sonrisa; en el hablar era frío, corto de palabra; torpe, aunque hombre reacio al sentimiento; enjuto, alto, descolorido y tétrico, no carecía de cierto atractivo. Cuando se hallaba entre amigos y el vino era de su gusto, resplandecía en su mirada un algo que denotaba noble humanidad; un algo que nunca llegaba a exteriorizarse en palabras, pero que hallaba expresión no solamente en aquellos símbolos silenciosos de su cara de sobremesa, sino con más frecuencia aún y más ruidosamente en los actos de su vida. Se conducía de un modo austero consigo mismo; como castigo por su afición a los buenos vinos añejos, bebía ginebra cuando estaba a solas; y aunque disfrutaba mucho en el teatro, llevaba veinte años sin cruzar las puertas de ninguno. Sin embargo, era extraordinariamente tolerante con los demás; unas veces sentía profunda admiración, casi envidia, por el ímpetu pasional que los arrastraba a sus malas acciones; y en los casos más extremos demostraba más inclinación a acudir en su ayuda que a censurar. La explicación que daba era bastante curiosa:

—Comparto la doctrina herética de Caín y dejo que mi hermano se vaya al demonio a gusto suyo.

En este aspecto le tocó con frecuencia ser el último amigo respetable y la última influencia sana en las vidas de hombres que se precipitaban hacia su ruina. Mientras esa clase de personas fue a visitarle a su casa jamás les dejó ver el más leve cambio en su trato con ellos.

Esta manera de conducirse no le resultaba, desde luego, difícil a Mr. Utterson; porque era hombre sobremanera impasible y hasta en sus amistades se observaba una parecida universalidad de simpatía.

Los hombres modestos se distinguen porque aceptan su círculo de amistades tal y como la ocasión se lo brinda; eso era lo que hacía nuestro abogado. Eran amigos suyos quienes tenían su misma sangre, o aquellas personas con las que llevaba tratando de antiguo; sus afectos, como la hiedra, crecían con el tiempo, sin que ello demostrase méritos en las personas que eran objeto de los mismos.

Ésa era, sin duda, la explicación de la amistad que le unía a Mr. Richard Enfield, pariente suyo lejano y persona muy conocida en Londres. Muchos no acertaban a explicarse qué podían ver aquellos hombres el uno en el otro y qué asuntos comunes de interés existían entre ambos. Según personas que se encontraban con ellos durante sus paseos dominicales, los dos paseantes no hablaban nada; tenían cara de aburrimiento y no ocultaban el alivio que les producía la aparición de algún otro amigo. A pesar de lo cual ambos concedían la mayor importancia a aquellas excursiones, las consideraban como el hecho más precioso de cada semana y no sólo renunciaban a determinadas diversiones que se les ofrecían de cuando en cuando, sino que desatendían incluso negocios para no interrumpir su disfrute.

En uno de aquellos vagabundeos, quiso la casualidad que se metiesen por una callejuela lateral de un barrio de Londres de mucho tráfico. La callejuela era pequeña y, como suele decirse, tranquila, a pesar de que entre semana tenía gran movimiento comercial. Parecía que las gentes que allí vivían prosperaban y que reinaba entre ellas un espíritu de optimismo, porque invertían el exceso de sus ganancias en coqueterías, hasta el punto de que los frentes de las casas de comercio de la callejuela tenían todos un aire de invitación, igual que dos filas de sonrientes vendedoras. Aun los domingos, cuando la callejuela cubría con un velo lo más florido de sus encantos y quedaba relativamente vacía de transeúntes, se destacaba de las desaseadas calles vecinas lo mismo que una hoguera de un bosque, y atraía instantáneamente la vista complacida del paseante con sus postigos recién pintados y una nota de limpieza y alegría general.

La línea de las fachadas quedaba rota, a dos puertas de la esquina del lado izquierdo conforme se iba hacia el Este, por la entrada a una plazoleta interior, y en aquel punto se alzaba un edificio macizo de aspecto siniestro, que proyectaba el alero de su tejadillo triangular sobre la calle. Tenía dos plantas, pero no se veía en el ventana alguna; nada más que una puerta en la planta baja y un muro liso y descolorido en toda la parte superior. Todos los detalles daban a entender un prolongado y sórdido descuido en su conservación. La puerta, desprovista de aldaba y de timbre, tenía la pintura llena de manchas y descolorida. Los vagabundos se metían entre las jambas y encendían cerillas frotándolas en los paneles de madera; los niños jugaban a las tiendas en sus escalones; los muchachos habían probado el filo de sus cortaplumas en las molduras, y nadie, en el transcurso de una generación, parecía haberse preocupado de alejar a aquellos visitantes intrusos ni de reparar los destrozos causados por ellos.

Mr. Enfield y el abogado caminaban por la acera de enfrente; pero cuando cruzaban por delante de la casa en cuestión, el primero apuntó hacia ella con su bastón y preguntó:

—¿Se ha fijado alguna vez en esa puerta?

Al contestarle el otro afirmativamente, agregó.

—Va unida en mis recuerdos a un hecho muy extraño.

—¡Ah!, ¿sí? —exclamó Mr. Utterson, con un ligero cambio en la inflexión de su voz—. ¿Cuál es?

—Verá —contestó Mr. Enfield—, la cosa ocurrió de este modo: yo regresaba a casa desde el otro extremo del mundo y tenía que cruzar por una parte de Londres en la que no había otra cosa que ver sino los faroles de gas encendidos. Crucé una calle y otra calle; todo el mundo dormía (una calle tras otra, y todas iluminadas como en una procesión, y todas tan desiertas como una iglesia). Llegué a un estado de ánimo parecido al del hombre que no hace sino aguzar el oído para ver si oye algún ruido y empieza a echar de menos la vista de un guardia. De pronto, y simultáneamente, vi dos figuras: una, la de un hombrecito que caminaba a buen paso en dirección al Este, y otra, la de una niña de ocho o diez años que venía corriendo a todo correr por la acera de una calle perpendicular a la que seguía el hombre.

En la esquina de las dos calles, de un modo muy natural chocaron el hombre y la niña; y entonces empieza la parte horrible del asunto, porque el individuo pisoteó a la niña, que había caído al suelo, y siguió su camino, dejándola allí, llorando a gritos. La cosa contada no parece tener importancia, en vivo fue una escena infernal. No era aquella una actitud de hombre; el sujeto parecía más bien el implacable dios hindú Juggernaut. Dejé escapar un grito de alerta, eché a correr, agarré por el cuello al hombre y lo arrastré hasta el lugar en que se encontraba la niña llorando, rodeada ya de un pequeño grupo de personas. Demostró una completa impasibilidad y no ofreció resistencia; pero me dirigió una mirada que me hizo romper a sudar lo mismo que una fuerte carrera.

Las personas que habían salido a la calle eran de la familia de la niña, y no tardó en comparecer un médico, al que había ido a buscar. Según el médico, la niña no tenía nada, fuera del susto; de modo que el asunto habría debido terminar allí, ¿no es cierto? Pero ocurrió un detalle por demás curioso. Aquel individuo se me había atragantado desde el primer instante en que le eché el ojo encima. Lo mismo le había ocurrido a la familia, lo cual resultaba muy lógico. Pero lo que me sorprendió fue la actitud del médico. Era uno de esos médicos-boticarios, fríos y hechos a la rutina, sin edad ni color fijo, que hablaba con fuerte acento escocés y era tan sentimental como una gaita. Pues bien: le ocurrió lo mismo que a todos nosotros; yo me daba cuenta de que cada vez que el médico miraba a nuestro prisionero se ponía blanco como si le diese un mal, y era de las ganas que le entraban de matarlo. Yo estaba seguro de lo que él pensaba y él de lo que pensaba yo; pero como no era cosa de matar, hicimos lo mejor posible, fuera de quitarle la vida. Le dijimos al individuo que su conducta daba pie para armar un escándalo y que lo armaríamos de tal magnitud que todo Londres, de un extremo a otro, maldijese su nombre. Nos comprometíamos a que a si era hombre de alguna reputación o tenía amigos, perdiese la una y los otros.

Y mientras tanto, mientras nosotros lo poníamos de vuelta y media, teníamos que apartar a las mujeres, que arremetían contra él como arpías. En mi vida he visto un círculo de caras que respirasen tanto odio. El individuo permanecía en el centro, con una impasibilidad repugnantemente desdeñosa (aunque asustado, eso lo veía yo), y aguantándolo todo como un verdadero satanás, sí, señor.

—Si lo que buscan es sacar dinero de este accidente —dijo—, yo no puedo defenderme, desde luego. Basta ser un caballero para procurar evitar un escándalo. Digan la cantidad.

Pues bien: le apretamos hasta sacarle cien libras para la familia de la niña; él mostraba evidentes deseos de escabullirse, pero en todos nosotros había seguramente algo que denotaba resolución clara de hacérselo pasar mal y al fin se rindió. Sólo quedaba ya que nos entregase el dinero. ¿Adónde se imagina que nos llevó? Pues precisamente a ese edificio de la puerta. Sacó violentamente una llave del bolsillo, entró y poco después regresó con diez libras en monedas de oro y un cheque por el resto, del Banco Coutts, pagadero al portador y firmado con un nombre que no puedo decir, aunque ese es uno de los detalles notables de mi relato; sólo quiero que sepa que era un nombre muy conocido y que suele con frecuencia leerse en letras de molde. La suma era importante; pero la firma, si era auténtica, merecía aún más crédito que esa suma. Me tomé la libertad de dar a entender al individuo que aquello me olía a falsificación, que no era corriente en la vida cotidiana que una persona entrase a las cuatro de la madrugada por la puerta y volviese a salir con un cheque de casi cien libras esterlinas firmado por otra persona. Mis palabras no lo turbaron en modo alguno y me dijo en son de mofa:

—Tranquilícese. Me quedaré con ustedes hasta que abra el Banco y lo cobraré yo mismo.

De modo, pues, que nos largamos todos de allí: el médico, el padre de la niña, nuestro sujeto y yo; pasamos el resto de la noche en mis habitaciones; y ya de día, en cuanto hubimos desayunado, nos dirigimos en grupo al Banco. Fui yo mismo quien entregó el cheque en la ventanilla, adelantándome a decir que creía que se trataba de una falsificación. Pues no, señor. El cheque era auténtico.

—No me diga —exclamó Mr. Utterson.

—Veo que su impresión es igual a la mía —dijo Mr. Enfield—. Sí, es un asunto feo. Nuestro hombre era un individuo con el que nadie habría querido tratos; era un auténtico canalla, mientras que la persona que había firmado el cheque era la flor de la honorabilidad, muy conocida además, y, lo que empeora aún más el caso, una de esas personas que, según dicen, se dedican a hacer el bien. Me imagino que se trata de un caso de extorsión, de chantaje; de un hombre honrado que paga, quiera o no, por algún resbalón de su juventud. Por eso yo llamo a ese edificio de la puerta la Casa del Chantaje. Pero ni aún con eso queda explicado del todo el asunto.

Dicho esto, Mr. Enfield cayó en un acceso de ensimismamiento, del que lo sacó bruscamente Mr. Utterson, preguntándole:

—¿Y no sabe si el firmante del cheque vive ahí?

—¿Le parece una morada adecuada para él? —replicó Mr. Enfield—. No, ya conozco su dirección; vive en no sé qué plaza.

—¿Y jamás ha hecho ninguna averiguación sobre… el edificio de la puerta? — inquirió Mr. Utterson.

—No, señor; tuve escrúpulos —fue la contestación—. Soy muy reacio a hacer preguntas, porque esa actitud se parece demasiado a lo que ha de ser el día del Juicio. Formula una pregunta y es lo mismo que si hubieses empujado una piedra. Estás tranquilamente sentado en lo más alto de una colina; la piedra echa a rodar y pone en movimiento a otras; y de pronto, algún pobre diablo (en el que menos has pensado) que se encontraba en el jardín trasero de su casa recibe la piedra en su cabeza, y la familia tiene que cambiar de estado social. No, señor; yo sigo esta norma: cuanto más sospechosa es la cosa, menos pregunto.

—Esa norma es muy sabia —dijo el abogado.

—Lo que hice fue estudiar por mí mismo la casa —siguió diciendo Mr. Enfield—. Apenas si parece una vivienda. No tiene otra puerta que esta, pero nadie entra ni sale por ella, sino el individuo de mi aventura y muy de tarde en tarde. Por el lado de la plazoleta, la casa tiene en el primer piso tres ventanas; ninguna en la planta baja; las ventanas se hallan siempre cerradas, pero están limpias. Además de eso, la casa tiene una chimenea que humea casi siempre, de modo que alguien vive ahí. Aunque, dicho sea en honor a la verdad, tampoco eso es muy seguro, porque las construcciones que dan al patio o plazoleta se hallan tan hacinadas que es difícil decir dónde empieza una y dónde acaba otra.

Los dos hombres siguieron caminando en silencio durante algún tiempo; y de pronto Mr. Utterson insistió:

—Enfield, esa norma suya es muy sabia.

—Eso creo —contestó el interpelado.

—A pesar de todo —siguió diciendo el abogado—, hay un punto sobre el que quiero interrogarle… ¿Cómo se llama el individuo que pisoteó a la niña?

—Bueno, no creo que con decirlo cause perjuicio a nadie. El individuo se llama Hyde.

—¡Ejem! —carraspeó Mr. Utterson—. ¿Qué aspecto tiene el sujeto?

—No es fácil describirlo. Hay en todo su aspecto algo siniestro que produce desagrado, algo que es completamente repugnante. Jamás he visto figura humana que me resultase tan repelente, pero con dificultad podría yo señalar la causa. Debe de tratarse de alguna deformidad; sí, produce una sensación de cosa deforme, aunque tampoco podría decir en qué consiste. Es un hombre de aspecto extraordinariamente anormal y sin embargo me vería en un apuro si tuviese que citar algún detalle fuera de lo corriente. No, señor; me es imposible poner nada en claro; me es imposible describirlo. Y no es porque se me haya borrado de la memoria, porque le aseguro que en este instante lo veo como si lo tuviese delante de mis ojos.

Mr. Utterson siguió caminando un buen trecho en silencio; era evidente que se hallaba bajo el peso de una preocupación. Por último, preguntó:

—¿Está seguro de que se sirvió de una llave?

—Pero, mi querido amigo... —empezó a decir Enfield, fuera de sí por el asombro.

—Sí —dijo Utterson—. Ya sé que mi pregunta parece extraña. Y la verdad es que si no le pregunto el nombre de la otra persona es porque ya lo sé. Sí, Richard; su relato no ha caído en saco roto. Si acaso ha dicho alguna inexactitud de detalle, sería mejor que la rectificase ahora.

—Debería haberme advertido a tiempo —contestó Enfield con muestras de ligero resentimiento—; pero la verdad es que me he expresado con exactitud pedantesca. El individuo disponía de una llave; y más aún: la tiene todavía en su poder; no hace ni una semana que lo vi servirse de ella.

Mr. Utterson dejó escapar un suspiro profundo, pero no dijo una palabra; el otro volvió a hablar poco después:

—Esto me servirá de lección. Estoy avergonzado de tener una lengua tan larga. Comprometámonos a no volver jamás sobre este asunto.

—De todo corazón —contestó el abogado—. Y con esto me despido, Richard.

II
En busca de Mr. Hyde ·

Mr. Utterson regresó aquella noche de un humor de perros a su casa de soltero y se sentó a cenar sin apetito. Tenía por costumbre los domingos sentarse junto al fuego después de cenar, con algún volumen de áridos temas religiosos sobre su pupitre de lectura, hasta que el reloj de la iglesia cercana daba las doce, y entonces se acostaba con ánimo tranquilo y satisfecho. Pero esa noche, no bien se levantaron los manteles, echó mano de una palmatoria y se metió en su despacho. Una vez allí, abrió la caja fuerte y sacó del nicho más reservado de la misma un documento metido dentro de un sobre que estaba rotulado: *Testamento del doctor Jekyll*; después se sentó con el ceño contraído y se puso a estudiarlo.

Se trataba de un testamento ológrafo, porque, si bien Mr. Utterson se hizo cargo del mismo cuando estuvo hecho, no quiso intervenir para nada en su redacción. El testamento no se limitaba a disponer que, en el caso de fallecer Henry Jekyll, doctor en Medicina, doctor en Derecho, doctor en Leyes, miembro de la Real Academia, etcétera, pasasen todas sus propiedades a manos de su «amigo y bienhechor Mr. Edward Hyde», sino también que, «en caso de desaparición o ausencia inexplicada por más de tres meses» del doctor Jekyll, el susodicho Mr. Hyde le sucediera sin tardanza, libre de toda carga u obligación, fuera de la de pagar algunas pequeñas cantidades a los miembros de la servidumbre del doctor.

Hacía tiempo que este documento constituía la pesadilla del abogado. Le molestaba no sólo en su carácter de profesional, sino como a hombre enamorado de las normas sanas y rutinarias de la vida, y que como tal consideraba que en todo lo caprichoso había inmodestia. Hasta esa noche, lo que excitaba su indignación era no saber nada del tal Mr. Hyde; y ahora, de pronto, lo que le indignaba era lo que acerca del mismo sabía. El testamento era de por sí bastante malo cuando Mr. Hyde no pasaba de ser un simple nombre, que nada le decía de la persona; pero el mal se agravaba conforme el nombre se iba revistiendo de atributos detestables; y al ver que, de entre las brumas movedizas e impalpables que durante mucho tiempo lo tenían desorientado, surgía de pronto el presentimiento bien definido de un ser malvado.

Volvió a poner el odioso documento en su lugar, exclamando:

—Creí que era una locura, pero empiezo a pensar que es una vergüenza.

A continuación apagó la vela, se abrigó con un grueso gabán y salió en dirección a Cavendish Square, ciudadela de La Medicina, en la que su gran amigo el doctor Lanyon tenía su residencia y recibía a sus numerosísimos pacientes. Utterson pensaba: «Si alguien está enterado, tiene que ser Lanyon.»

El imponente mayordomo lo conocía y le dio la bienvenida, no tuvo que hacer antesala y fue pasado directamente al comedor. El doctor Lanyon saboreaba a solas el vino. Era un caballero cordial, sano, rollizo, coloradote; tenía un mechón de cabello prematuramente blanco y voz y maneras ruidosas y resueltas. Al ver a Mr. Utterson, saltó de su silla y salió a su encuentro con las manos extendidas. Su simpatía, aunque espontánea, tenía toques que parecían teatrales; y, sin embargo, brotaba de una auténtica sensibilidad. Utterson y Lanyon eran viejos amigos, camaradas de escuela y de colegio, se respetaban a sí mismos y se respetaban mutuamente y, lo que no es forzoso que ocurra a pesar de todo eso, ambos disfrutaban cuando estaban juntos.

Después de una breve charla superficial, el abogado llevó la conversación al tema que de modo tan desagradable le preocupaba y dijo:

—Me parece, Lanyon, que nosotros dos somos los amigos más antiguos de Henry Jekyll, ¿no es así?

—Antiguos y viejos…, lo que es una pena —contestó gorgoriteando de risa el doctor Lanyon—. Bien; pero ¿a qué viene la pregunta? Jekyll y yo nos vemos poco ahora.

—¿De veras? —exclamó Utterson—. Tenía entendido que seguían unidos por el lazo de unos intereses comunes a los dos.

—Así era —contestó el otro—. Pero hace ya más de diez años que Henry Jekyll me empezó a resultar demasiado fantástico. Comenzó a torcerse, habló de su inteligencia. Como es natural, sigo interesándome por su persona, por aquello de que quien tuvo retuvo, pero la verdad es que nos tratamos poquísimo.

El doctor se sonrojo de pronto, poniéndose de color escarlata, y agregó:

—Una jerigonza tan anticientífica como la suya habría sido capaz de poner de unas a los mismos Damon y Pitias.

Este pequeño estallido de un sentimiento íntimo sirvió de alivio a Mr. Utterson, que pensó para sí: «Por lo visto se trata de alguna divergencia de tipo científico.» Y como no tenía en materia científica otro apasionamiento que el referente a la técnica de redactar escrituras, completo de este modo su pensamiento: «¡Si no se trata de nada peor que eso!» Dio tiempo a su amigo para que recobrase la serenidad y a continuación abordó las preguntas que lo habían traído allí:

—¿No ha tratado alguna vez a un protegido suyo…, a cierto Mr. Hyde?

—¿Hyde? —repitió Lanyon—. No. Jamás oí hablar de él en todos estos años.

Y ésos fueron todos los datos que el abogado se llevó consigo al meterse en la cama, amplia y oscura, en la que se revolvió intranquilo hasta que las horas de la madrugada se convirtieron en horas del día. Fue una noche de poco descanso para su cerebro, que trabajaba y trabajaba en medio de la oscuridad, asaltado por toda clase de interrogantes.

Dieron las seis en el reloj de la iglesia que estaba situada tan oportunamente junto a la casa de Mr. Utterson, y aún seguía éste profundizando en el problema. Hasta aquel momento solo le había preocupado en su aspecto intelectual, pero no tardó en emplear también su imaginación o, mejor dicho, no tardó en verse esta esclavizada; mientras yacía y se revolvía en la espesa oscuridad de la noche y de la habitación cerrada entre cortinas, pasó por delante de su fantasía como una sucesión de imágenes el relato de Mr. Enfield. Veía el gran panorama nocturno de faroles encendidos de una gran ciudad; luego la figura de un hombre que caminaba con paso rápido; después la de una niña que venía corriendo de casa del doctor; más tarde el choque de ambos y cómo aquel hombre cruel e impasible pisoteaba a la niña y seguía adelante sin preocuparse de sus gritos. Otras veces veía una habitación en una casa lujosa y, en ella, dormido a su amigo, soñando cosas que le hacían asomar la sonrisa a los labios; se abría de pronto la puerta, alguien descorría de un tirón las cortinas de la cama, despertaba al dormido ¡y he aquí que aparecía a su lado la figura de un hombre que ejercía poder sobre él, hasta el punto de obligarle a levantarse a tales horas de la noche y hacer lo que le indicaba! La presencia de aquella figura en ambos cuadros persiguió al abogado durante toda la noche; y si alguna vez se amodorraba, era para ver cómo aquel hombre penetraba subrepticiamente en casas dormidas, cómo avanzaba con rapidez cada vez mayor, con rapidez casi vertiginosa, por los laberintos cada vez más anchos de una ciudad llena de faroles encendidos y cómo en cada esquina aplastaba a una niña y la dejaba llorando a gritos. Pero la figura seguía sin tener un rostro que le sirviese para reconocerla; hasta en sueños carecía de rostro y, cuando lo tenía, era para desorientarlo aún más, porque se diluía delante de sus ojos. Todo ello hizo que surgiese y creciese rápidamente en el alma del abogado una curiosidad fortísima, casi desordenada, de verle la cara al auténtico Mr. Hyde. Si pudiese ponerle los ojos encima una sola vez, quizá el misterio se aligeraría, o incluso desaparecería, al igual que suele ocurrir con las cosas misteriosas cuando uno las examina atentamente. Acaso entonces vería una razón que le explicase aquella extraña preferencia o esclavitud (llámese como se quiera) de su amigo y hasta las sorprendentes cláusulas de su testamento. En todo caso, era una cara que merecía verse: la cara de un hombre sin entrañas; una cara que con sólo mostrarse levantaba un sentimiento de odio decisivo en el alma del impasible Enfield.

Desde aquel día, Mr. Utterson comenzó a frecuentar la callejuela de las tiendas. Por la mañana, antes de las horas de oficina; al mediodía, cuando el trabajo era mucho y el tiempo escaso; por la noche, bajo el rostro brumoso de la luna ciudadana; con todas las luces y a todas las horas, en las de soledad y en las concurridas, allí podía verse al abogado en el lugar elegido para montar la guardia.

«Jugaremos al escondite, para estar a tono con su nombre de Hyde», pensó.

Su paciencia acabó resultando premiada. Era una noche hermosa y seca, hielo en el aire; las calles tan limpias como el suelo de un salón de baile; ni el más leve soplo movía la llama de las lámparas, que trazaban un dibujo exacto de luz y de sombra. A eso de las diez de la noche, con las tiendas ya cerradas, la callejuela estaba muy solitaria y, a pesar de que la envolvía por todas partes el sordo murmullo de Londres, estaba también muy silenciosa. Los ruidos más pequeños se oían desde lejos a uno y otro lado de la calzada se percibían con toda claridad los ruidos de la vida doméstica que salían de las casas; el rumor de sus propios pasos precedía con mucho a todos los transeúntes. No llevaba Mr. Utterson más que algunos minutos en su puesto de observación cuando percibió el paso ligero de alguien que se acercaba. Ya se había acostumbrado hacia tiempo, en el transcurso de sus rondas nocturnas, al efecto curioso que producen los pasos de una persona que está todavía muy lejos, cuando resuenan de pronto con toda claridad, destacándose del inmenso murmullo o estrépito de la ciudad. Pero nunca hasta entonces se había visto su atención atraída de un modo tan brusco y absoluto. Al meterse por el callejón que conducía al patio o plazoleta interior, lo hizo con una seguridad firme, supersticiosa, en su éxito.

Los pasos se acercaron rápidamente y de pronto su sonido aumentó, al doblar el caminante la esquina de la calle. El abogado, mirando desde la entrada del patio, no tardó en ver la clase de hombre con quien tenía que habérselas. Era pequeño; vestía con mucha sencillez; aún a aquella distancia, su aspecto producía una sensación de contrariedad a quien lo miraba. Cruzando la calzada para ahorrar tiempo, se dirigió en línea recta hacia la puerta, y conforme caminaba, iba sacando una llave del bolsillo, como persona que está cerca de su casa. Al pasar por su lado, Mr. Utterson se adelantó y le tocó en el hombro, diciéndole:

—Es usted Mr. Hyde, ¿no es así?

Mr. Hyde se echó atrás y aspiró súbita y ruidosamente, pero su miedo fue sólo momentáneo. No miró al abogado a la cara y le respondió con bastante frialdad.

—Ése es mi nombre. ¿Qué desea?

—Observo que va a entrar en la casa —contestó el abogado—. Soy un viejo amigo del doctor Jekyll…, Mr. Utterson, de Gaunt Street. Seguramente habrá oído hablar de mí y puesto que tan a tiempo le encuentro, pensé que no tendría inconveniente en que pase yo también.

—No encontrará a Mr. Jekyll. Se halla fuera de casa —contestó Mr. Hyde, metiendo la llave en la cerradura.

Luego preguntó bruscamente, aunque sin mirarle a la cara:

—¿Cómo sabe usted quién soy?

—Y usted por su parte —dijo Mr. Utterson—, ¿me haría un favor?

—Bueno —contestó el otro—. ¿De qué se trata?

—¿Quiere dejarme ver su cara?

Mr. Hyde pareció titubear; luego, como obedeciendo a un pensamiento súbito, se volvió hacia Mr. Utterson con aire de desafío. Ambos se quedaron mirándose el uno al otro con fijeza por espacio de algunos segundos, hasta que Mr. Utterson dijo:

—Así podré reconocerle si llega el caso. Quizá resulte útil.

—Sí —contestó Mr. Hyde—; está bien que nos hayamos encontrado. A propósito, quiero que tenga mi dirección.

Le dio un número de una calle del Soho. Mr. Utterson pensó para sí: «¡Santo Dios! ¿Es posible que también él haya estado pensando en el testamento?»

Sin embargo, se guardó para sí sus sentimientos y no hizo sino dar las gracias con un refunfuño.

—Dígame ahora: ¿cómo me reconoció?

—Me habían descrito cómo era.

—¿Quién?

—Tenemos amigos comunes —dijo Mr. Utterson.

—¡Amigos comunes! —repitió Mr. Hyde con voz algo áspera—. ¿Quiénes son?

—Por de pronto, Jekyll —dijo el abogado.

—Él no le habló nunca de mí —exclamó Mr. Hyde, encolerizado—. Nunca pensé que fuese usted capaz de mentir.

—¡Oiga! —dijo Mr. Utterson—, está usando un lenguaje impropio del caso.

El otro dejó escapar una risa ruidosa que parecía un ladrido; un instante después y con extraordinaria celeridad, había abierto la puerta y desaparecido dentro de la casa.

Al quedar solo, el abogado permaneció unos momentos con expresión en la que se retrataba la inquietud. Después empezó a caminar lentamente calle arriba; daba uno o dos pasos y se detenía, llevándose la mano a la frente como un hombre que se halla en un estado de perplejidad mental. El problema que debatía consigo mismo mientras caminaba era de una clase que rara vez encuentra solución. Mr. Hyde era pálido y menudo, producía una impresión de persona deforme, sin que pudiese señalársele una deformación concreta; su sonrisa era odiosa, se había conducido con el abogado con una mezcla de timidez y de audacia que transparentaba intenciones asesinas, y hablaba con voz ronca, seseante y como quebrada… Todos éstos eran datos en contra suya; pero ni aun todos juntos bastaban para explicar la repugnancia, el asco y el temor con que lo miraba Mr. Utterson, que muy perplejo se decía: «Algo mas debe de haber; algo a lo que yo no le encuentro nombre. ¡Santo cielo, apenas da la impresión de ser humano! Tiene un no sé qué de troglodita, por decirlo de alguna manera, si es que no se trata de aquella vieja historia del doctor Fell.

¿No será quizá que la maldad del alma irradia hacia el exterior, traspasando y transfigurando la arcilla en que está encerrada? Debe de ser esto último. ¡Sí, mi pobre y viejo amigo Henry Jekyll, si en algún rostro he visto yo la firma de Satanás, es en el de su nuevo amigo!»

Doblando la esquina de la callejuela había una plaza de bellas casas antiguas que en su mayor parte habían perdido su añejo esplendor y se alquilaban por pisos y por departamentos a gentes de todas las clases sociales; había allí grabadores de mapas, arquitectos, oscuros abogados y agentes de empresas poco conocidas. Pero una de las casas, la segunda desde la esquina de la callejuela, seguía ocupada por un solo inquilino; a la puerta de esa casa, que daba la impresión de lujo y comodidad, a pesar de hallarse entonces sumida en la oscuridad, con excepción de la vidriera de la parte superior de la puerta, se detuvo Mr. Utterson y llamó. Le abrió la puerta un criado anciano y bien vestido. El abogado le preguntó:

—¿Está en casa el doctor Jekyll, Poole?

—Voy a ver —contestó el criado, haciendo pasar al visitante a un vestíbulo amplio, bajo de techo, enlosado, cómodo y caldeado, a la usanza de las casas de campo, por un fuego brillante que ardía en hogar abierto. El mobiliario consistía en ricos armarios de roble—. ¿Quiere esperar junto al fuego, señor? ¿O prefiere que le encienda luz en el comedor?

—Me quedaré aquí, gracias —dijo el abogado y se acercó, apoyándose en el alto guardafuegos.

El vestíbulo en el que el abogado había quedado solo constituía el mayor capricho de su amigo, y el mismo Utterson se sentía inclinado a calificarlo como la habitación más agradable de Londres. Pero esa noche la sangre corría estremecida por las venas del abogado; pesaba sobre su memoria como una losa la cara de Hyde; sentía (cosa rara en él) náuseas y aborrecimiento de la vida; la lobreguez de su estado de ánimo le hizo ver amenazas en los reflejos movedizos que la llama del hogar formaba sobre la superficie abrillantada de los armarios y en los saltos de la sombra sobre el techo. Se avergonzó del alivio que experimentó cuando volvió al poco rato Poole para anunciarle que el doctor Jekyll había salido; y dijo al criado:

—Vi entrar a Mr. Hyde por la puerta del antiguo departamento de disección.

¿Es eso normal, dándose como ahora el caso de que Mr. Jekyll se encuentra ausente?

—Perfectamente normal, Mr. Utterson —contestó el criado—. Mr. Hyde tiene una llave.

—Por lo que veo, Poole, su amo tiene puesta una gran confianza en ese joven —siguió preguntando el abogado con aire meditabundo.

—Sí, señor; muy grande, hasta el punto de que tenemos todos nosotros orden de obedecerle.

—Yo no recuerdo haberme encontrado aquí con Mr. Hyde —dijo Utterson.

—¡Naturalmente que no! Mr. Hyde no cena nunca en esta casa —contestó el mayordomo—. A decir verdad, lo vemos muy poco por esta parte del edificio. Casi siempre entra y sale por el laboratorio.

—Bien, Poole. ¡Buenas noches!

—¡Buenas noches, Mr. Utterson!

El abogado se puso en camino hasta su casa con el corazón oprimido e iba pensando: «Tengo el presentimiento de que el pobre Henry Jekyll se halla en un trance difícil. De joven fue algo alocado; hace ya de eso mucho, muchísimo tiempo;

pero en las normas divinas no hay limitaciones de plazos. Con seguridad que se trata de eso, del fantasma de algún pecado antiguo, del cáncer de alguna oculta vergüenza; el castigo ha llegado con paso lento muchos años después, cuando ya el hecho se había borrado de la memoria y el egoísmo había dado por liquidada la falta.»

Este pensamiento no dejó de sobresaltar a Mr. Utterson; meditó algún rato en su propio pasado, tanteando en todos los recovecos del recuerdo, temeroso de que surgiese de pronto allí alguna sorpresa como muñeco movido por un resorte. Pero el pasado de Mr. Utterson podía calificarse de intachable; pocos hombres habrían podido leer con menos recelo el expediente de su vida; sin embargo, se sintió humillado hasta el polvo por las muchas faltas en que había incurrido; aunque luego se reanimó y sintió temeroso agradecimiento por las muchísimas que había estado a punto de cometer, pero que había conseguido evitar. Por último, volviendo al tema anterior de sus meditaciones, tuvo un destello de esperanza. Y pensó: «También este mozo Hyde, si se examina su vida, ha de tener sus secretos; serán, desde luego, a juzgar por su aspecto, secretos tétricos, en cuya comparación los peores del pobre Jekyll vendrán a ser como rayos de luz. Las cosas no pueden seguir como hasta ahora. Me entran escalofríos al pensar en que ese individuo puede llegar subrepticiamente como un ladrón hasta la cama en que duerme Henry. ¡Pobre Henry, qué despertar el suyo! ¡Y qué peligro! Porque si este Hyde sospecha la existencia del testamento, quizá se impaciente por heredarle. Tendré que intervenir…, si es que Jekyll me lo permite…, eso es; si es que Jekyll me lo permite.»

Y una vez mas vio con los ojos de su imaginación, con tanta claridad como un objeto transparente, las extrañas cláusulas del testamento.

III
El doctor Jekyll vivía muy despreocupado

Quiso la buena suerte que el doctor diese quince días más tarde una de las agradables cenas con que acostumbraba obsequiar a cinco o seis íntimos, hombres todos ellos, inteligentes y de prestigio, además de expertos catadores de los buenos vinos; y Mr. Utterson se las arregló para quedarse después de que los demás se retiraron. Esto no constituía una novedad, porque ya había ocurrido veintenas de veces. Allí donde Utterson era apreciado, los afectos que despertaba eran vivos. Los anfitriones gustaban de retener en su compañía a aquel abogado escueto de palabras, cuando ya los hombres alegres y dicharacheros tenían puesto el pie en el umbral; después del esfuerzo y desgaste producido por el pasado regocijo, les agradaba permanecer un rato en su discreta compañía, practicando la soledad, apagando la excitación de su alma en el expresivo silencio de Mr. Utterson. El doctor Jekyll no constituía una excepción de aquella regla; sentado a la vera del fuego, al otro lado de la chimenea, fornido, bien formado, sin arrugas en la cara a pesar de sus cincuenta años, con todas las señales de hombre inteligente y bondadoso, la expresión de su rostro decía a las claras que sentía por Mr. Utterson un afecto sincero y cordial.

—Hace días que deseaba hablarle, Jekyll —empezó a decir el abogado—. Es a propósito de su testamento, ¿lo recuerda?

Un observador atento quizá habría descubierto que era aquel un tema desagradable; pero el doctor lo trató alegremente, contestando:

—Mi pobre Utterson, es una desgracia para usted tener un cliente como yo. Jamás he visto pasar a un hombre tantos apuros como usted ha pasado con mi testamento, haciendo una excepción de los que le hice pasar a ese pedante de miras estrechas que se llama Lanyon con las que él llama mis herejías científicas. Sí, ya sé que es un buen hombre…, no hace falta que arrugue usted el ceño; pero no por eso deja de ser un obstinado, pedante, timorato, ignorante y vocinglero. Es el hombre que mayor chasco me ha dado en mi vida.

—Sabe que jamás estuve conforme con ese testamento —siguió diciendo Utterson, dejando implacablemente de lado el nuevo tema.

—¿Mi testamento? Sí, ya lo sé; ya me lo dijo usted —contestó el doctor con un poco de aspereza.

—Pues ahora se lo repito —prosiguió el abogado—. He hecho algunas averiguaciones acerca del joven Hyde.

El rostro ancho y hermoso del doctor Jekyll palideció hasta los labios y sus ojos se ensombrecieron al decir:

—No me interesa saber más. Es un asunto que habíamos convenido en no tocar.

—Lo que me han dicho es horrendo —insistió Utterson.

—En nada puede cambiar las cosas. No parece comprender mi situación —replicó el doctor, con cierta incoherencia de maneras—. Es dolorosa, Utterson; es una situación muy extraña…, muy extraña. Es uno de esos asuntos que no se arreglan discutiendo sobre ellos.

—Jekyll —dijo Utterson—, usted me conoce, le consta que soy hombre de quien se puede fiar. Confíe en mí. No me cabe la menor duda de que podré sacarle del atolladero.

—Mi buen Utterson —contestó el doctor—, su actitud es admirable, sencillamente admirable, y no encuentro palabras con que darle las gracias. Le creo plenamente; me confiaría a usted antes que a nadie en el mundo, antes que a mí mismo, si pudiera elegir; pero le aseguro que no se trata de lo que imagina; la cosa no llega a tanto; y le voy a decir una cosa con el exclusivo objeto de tranquilizar su buen corazón, agregando unas palabras que, estoy seguro, sabrá tomar en buen sentido: Utterson, se trata de un asunto privado y le suplico que lo deje estar.

Utterson, con la vista puesta en el fuego, reflexionó un poco y acabó por levantarse, diciendo:

—No me cabe duda de que tiene usted una buena razón para obrar así.

—Bien —siguió diciendo el doctor—, puesto que hemos tocado este asunto, desearía hacerle comprender una cosa. Es cierto que me intereso muchísimo por el pobre Hyde. Estoy enterado de su encuentro, me lo contó él mismo. Sospecho que se mostró rudo con usted. Pero mi interés por ese joven es grande, grandísimo y muy sincero. Deseo, Utterson, que me prometa que sabrá soportarlo y hará que adquiera sus derechos. Creo que si estuviese usted al corriente de todo, lo haría; y si me lo prometiese, me quitaría con ello un gran peso de encima.

—Me es imposible afirmar que yo pueda apreciar jamás a ese hombre —dijo el abogado.

—No le pido eso —dijo Jekyll suplicante, apoyando su mano en el brazo de Utterson—. Lo único que pido es justicia; lo único que pido es que, cuando yo falte, le ayude a él en obsequio mío.

Utterson no pudo reprimir un suspiro y exclamó:

—Así será; lo prometo.

IV
El asesinato de Carew

Casi un año después de los hechos anteriores, en el mes de octubre del año 18..., Londres se sobresaltó al enterarse de un crimen de extraordinaria ferocidad y que llamó aún más la atención por la posición elevada que ocupaba la víctima. Los detalles que se poseían eran pocos y sorprendentes.

Una criada de servicio, que vivía sola en una casa situada no lejos del río, subió al piso de arriba a eso de las once para acostarse. Aunque en las horas de la madrugada se extendió la niebla por la ciudad, la primera parte de la noche había sido serena y sin nubes, y una luna llena iluminaba brillantemente el camino, sobre el que daba la ventana del cuarto de dicha doncella. Parece que ésta era dada a lo romántico, porque se sentó encima de un baúl que tenía bajo el repecho de la ventana y permaneció allí, absorta en sus ensueños. Al narrar entre un torrente de lágrimas el hecho, aseguraba que jamás se había sentido más en paz con los hombres, ni había pensado en el mundo con espíritu más cariñoso. Estando así sentada, se dio cuenta de que por el camino se acercaba un apuesto caballero entrado en años y que, en sentido contrario al suyo, venía un caballero de corta estatura y al que ella apenas prestó atención al principio.

Cuando ambos caballeros se acercaron lo suficiente para dirigirse la palabra —y esto ocurrió precisamente bajo los ojos de la doncella—, el anciano hizo una inclinación y se aproximó al otro con muestras de la más rendida cortesía. No parecía que lo que le preguntaba fuese cosa de importancia; a juzgar por la manera que tuvo varias veces de señalar, se habría dicho que le pedía que le orientara en su camino; la luna le daba en la cara y la doncella lo contemplaba con un sentimiento de placer; aquellas facciones parecían respirar inocencia y una amabilidad de tiempos antiguos, pero también denotaban elevación, propia de quien tiene razones para sentirse satisfecho de sí mismo.

Poco después, la doncella se fijó en el otro personaje y quedó sorprendida al reconocer en el mismo a cierto Mr. Hyde, que había hecho en determinada ocasión una visita a su amo y por el que ella había concebido un sentimiento de repulsión. Este personaje empuñaba un pesado bastón y jugueteaba con el mismo; no contestó una sola palabra y daba señales de estar escuchando con impaciencia lo que el otro hablaba. Pero de pronto estalló en un arrebato de ira furiosa, golpeando el suelo con el pie, blandió el bastón y se condujo como un loco —según lo que la doncella decía—. El caballero anciano retrocedió un paso, con aspecto de persona muy sorprendida y algo molesta, y entonces Mr. Hyde perdió los estribos y lo apaleó hasta derribarlo al suelo. Acto seguido, con furia de mono enloquecido, pateó a la víctima en el suelo y descargó sobre la misma una avalancha de golpes; eran éstos tan violentos que se oían los crujidos de los huesos al romperse y el cuerpo saltaba de un lado al otro del camino. Horrorizada con lo que estaba viendo y oyendo, la doncella se desmayó.

Eran las dos de la mañana cuando volvió en sí y pidió socorro a la policía. Hacía largo rato que el asesino había desaparecido, pero la víctima seguía allí, en mitad del camino, increíblemente destrozada. El bastón con el que había consumado el hecho era de una madera rara, muy dura y pesada, y a pesar de eso se había roto por el medio, a causa de la violencia a que lo había sometido aquella insensata crueldad; una de las mitades, astillada, había rodado hasta el otro yo de la carretera; la otra se la había llevado seguramente el asesino en su huida. Se le encontraron a la víctima un monedero y un reloj de oro; no llevaba encima tarjetas, ni más papeles que un sobre sellado y franqueado que llevaba probablemente al correo y sobre el cual se leía la dirección de Mr. Utterson.

Este sobre fue llevado a la mañana siguiente al abogado, cuando todavía estaba en la cama; apenas lo vio y apenas le contaron las circunstancias del caso, Mr. Utterson exclamó solemnemente:

—No diré una sola palabra hasta que haya visto el cadáver; este asunto podría tener consecuencias muy graves. Tengan la amabilidad de esperar mientras me visto.

La seriedad de su expresión no cedió un instante mientras desayunaba precipitadamente y se dirigía en coche a la comisaría a la que había sido llevado el cadáver. No bien entró en el cuarto donde éste yacía, hizo una señal afirmativa con la cabeza y dijo:

—Sí, lo reconozco. Mucho me duele decir que el muerto es sir Danvers Carew.

—¡Santo Dios, señor mío! ¿Es posible? —exclamó el funcionario; e inmediatamente sus ojos se iluminaron con un acceso de ambición profesional—. Esto va a levantar mucho ruido y quizá usted nos pueda ayudar a dar con el criminal.

Le contó brevemente cuanto había dicho la doncella y le mostró el trozo roto del bastón.

Al oír el nombre de Hyde, Mr. Utterson había sentido un encogimiento de miedo, pero cuando le mostraron el bastón ya no pudo dudar aunque estaba roto y lleno de golpes, lo identificó como uno que años atrás él mismo había regalado a Henry Jekyll.

—¿Es el señor Hyde un individuo de corta estatura? —preguntó.

—De estatura singularmente pequeña y de aspecto singularmente malvado, eso es lo que dice la doncella —contestó el funcionario.

Mr. Utterson meditó; luego alzó la cabeza y dijo:

—Si quiere subir a mi coche, creo que podré llevarle a su domicilio.

Serían para entonces las nueve de la mañana y Londres estaba envuelto en la primera niebla espesa de la estación. Se extendía por el cielo una inmensa cortina de color chocolate, pero el viento cargaba sobre aquellos vapores formados en orden de batalla y los destrozaba. Por eso pudo observar Utterson, mientras el carruaje avanzaba a paso lento por las calles, una maravillosa sucesión de matices y tonalidades de luz. Aquí reinaba una oscuridad propia de noche cerrada, allí, una luminosidad vivísima, intensa, como el estallido de un incendio; mas allá la niebla quedaba un instante desgarrada y entre los remolinos de la misma penetraba bruscamente, como un dardo, la luz temerosa del día. El triste barrio del Soho, visto ahora por el abogado con aquella luz cambiante con sus calles fangosas, sus transeúntes desaseados y sus faroles, que no habían sido apagados, o habían sido encendidos de nuevo para hacer frente a aquella invasión de tinieblas, se le representaba como un distrito de alguna ciudad de pesadilla. También sus pensamientos eran lóbregos; y cuando ponía los ojos en la otra persona que ahora iba en su coche, sentía como si le invadiese el terror de la ley y de sus funcionarios, que asaltaba a veces aún a las personas más honradas.

Cuando el coche se detuvo delante de la casa cuya dirección le había sido dada, la niebla se levantó un poco y el abogado vio una calle sucia, una taberna, un mísero restaurante francés, una tienda en que se vendía infinidad de cosas a penique y ensaladas a dos peniques, muchos niños harapientos amontonados en los quicios de las puertas y muchas mujeres de distintas nacionalidades que iban y venían con la llave en la mano para tomarse el vaso de la mañana pero a los pocos instantes la niebla volvió a cerrar sobre aquel escenario, cubriéndolo de un velo tan marrón como la tierra umbría, dejándolo aislado de aquellos alrededores miserables.

Allí tenía su domicilio el favorito de Henry Jekyll, allí tenía su domicilio un hombre que había de heredar un cuarto de millón de libras esterlinas.

Una vieja de cara amarillenta y cabellos de plata les abrió la puerta. Su rostro expresaba maldad difuminada por la hipocresía, pero sus maneras fueron completamente correctas. Contestó que sí, que aquella era la casa de Mr. Hyde pero que no se encontraba en ella; había llegado a una hora muy avanzada de la noche, pero había vuelto a salir antes de que transcurriese una hora, cosa que no tenía nada de particular porque era hombre de costumbres muy irregulares y se ausentaba de casa con mucha frecuencia, por ejemplo, llevaba casi dos meses sin verlo hasta la noche anterior.

—En ese caso deseamos examinar sus habitaciones —empezó a decir el abogado y, al oírle decir a la mujer que aquello era imposible, agregó—: Será mejor que le diga que este señor que me acompaña es el inspector Newcomen, de Scotland Yard.

—¡Vaya! Se ha metido en líos, ¿verdad? ¿Qué es lo que ha hecho?

Mr. Utterson y el policía cambiaron una mirada y este último dijo:

—Por lo que veo, no goza de grandes simpatías. Y ahora, mi buena señora, permita que este caballero y yo echemos un vistazo a la casa.

Mr. Hyde sólo había hecho uso de dos habitaciones en toda la casa y por lo visto no había en ella nadie más que la anciana.

Había una despensa llena de vinos; la vajilla era de plata, la mantelería elegante; colgaba de la pared un bello cuadro, que Utterson supuso que sería un regalo de Henry Jekyll, bastante entendido en cuestiones de pintura, las alfombras eran muy tupidas y de colores armoniosos. Sin embargo, en aquel momento las habitaciones mostraban claras señales de haber sido revueltas hacía poco y precipitadamente; se veían por el suelo prendas de vestir con los bolsillos vueltos hacia fuera; cajones que se cerraban con llave estaban ahora abiertos de par en par; había en el hogar un montón de cenizas grises, como si hubiesen quemado en él una gran cantidad de papeles. El inspector desenterró de entre aquellas cenizas el extremo de un talonario verde de cheques que había resistido a la acción del fuego; encontraron detrás de la puerta la otra mitad del bastón y, como todo ello afianzaba sus sospechas, el inspector se declaró encantado. Su satisfacción fue completa cuando, al hacer una visita al Banco, descubrieron que el asesino tenía allí un saldo a su favor de varios miles de libras. Y dijo a Mr. Utterson:

—Puede contar con que lo tengo ya en mis manos. Ha debido perder la cabeza, porque de lo contrario por nada del mundo habría dejado ahí el medio bastón y, sobre todo, no habría quemado el libro de cheques. Sin dinero no puede vivir. Todo lo que nos queda por hacer es mantenernos al acecho en su Banco y anunciar la captura.

Pero la cosa no fue tan fácil de realizar; porque eran pocas las personas familiarizadas con Mr. Hyde (el amo mismo de la doncella sólo lo había visto dos veces); no hubo manera de descubrirle parientes; jamás se había retratado; las pocas personas capaces de hacer una descripción del mismo diferían mucho entre ellas, como suele ocurrir a la mayoría de la gente. Sólo en un punto coincidían: en que el fugitivo dejaba en cuantos lo veían una sensación inquietante de cosa deforme, aunque sin poder señalar concretamente la deformidad.

V
El incidente de la carta

Eran ya las últimas horas de la tarde cuando Mr. Utterson pudo llegar hasta la puerta del doctor Jekyll, el mayordomo Poole le hizo pasar inmediatamente y lo condujo por las dependencias de la cocina, cruzando un patio que en otro tiempo había sido jardín, hasta el edificio conocido indiferentemente con el nombre de laboratorio o departamento de disección. El doctor había comprado la casa a los herederos de un celebre cirujano; pero como sus aficiones lo inclinaban más bien a la química que a la anatomía, dio otro destino al edificio que había al fondo del jardín.

Era la primera vez que el abogado visitaba aquella parte de la residencia de su amigo; contempló con curiosidad la desaseada construcción, desprovista de ventanas, y miró a su alrededor poseído de una desagradable sensación de extrañeza cuando atravesó el anfiteatro, concurridísimo en otro tiempo por estudiantes deseosos de aprender y que ahora se hallaba desierto y silencioso; las mesas estaban llenas de aparatos de química; se veían por el suelo canastos y la paja de embalar formaba en él espesa capa.

Desde la cúpula, velada por la niebla, caía una débil claridad. A un extremo del recinto había un tramo de escaleras que subían hasta una puerta forrada de bayeta roja, por ella entró Mr. Utterson en el despacho del doctor. Era una habitación amplia, provista alrededor de armarios de cristal y de un gran espejo basculante, además de una mesa escritorio; tenía tres ventanas empolvadas y defendidas por rejas de hierro que daban a la plazoleta. Ardía el fuego en la chimenea. Sobre la repisa de la misma había un candelabro encendido, porque hasta en el interior de las casas empezaba a espesarse la niebla; allí, muy cerca del foco de calor, se hallaba el doctor Jekyll con aspecto de hallarse mortalmente enfermo. No se levantó para recibir a su visitante, limitándose a alargarle una mano fría y a darle la bienvenida con voz que no parecía la suya.

—Dígame —le preguntó Mr. Utterson en cuanto Poole se retiró—, ¿conoce la noticia?

El doctor se estremeció y dijo:

—La oí vocear en la plaza desde el comedor.

—Una aclaración —dijo el abogado—: Carew era cliente mío, pero también usted lo es, y quiero saber el terreno que piso. ¿Ha cometido la locura de ocultar a ese individuo?

—¡Utterson —exclamó el doctor—, juro ante Dios que no volveré jamás a mirarlo! Doy mi palabra de honor de que he terminado por completo con él en este mundo. Todo acabó. A decir verdad, tampoco necesita de mi ayuda; usted no le conoce como yo; se encuentra a salvo, completamente a salvo; fíjese bien en lo que digo: ya no se volverá a oír hablar de él.

El abogado le escuchaba con semblante tétrico, no le agradaba aquel modo febril de expresarse que tenía su amigo, y le dijo :

—Parece estar muy seguro de lo que él hará o no hará, y me alegraré de que esté en lo cierto. Porque si llegase a comparecer en juicio, quizá saliese a relucir su nombre.

—Tengo completa seguridad en él —repitió Jekyll—. Tengo razones para mi certeza que no puedo comunicárselas a nadie. Pero hay un detalle en él que necesitaría su consejo. He recibido una carta y estoy en un mar de dudas sobre si debería o no mostrársela a la policía. Es un asunto que desearía dejar en sus manos, Utterson; estoy seguro de que tomará una resolución sabia; tengo en usted una confianza absoluta.

—¿Es que teme que la carta pueda conducir al descubrimiento de ese individuo? —preguntó el abogado.

—No —contestó Jekyll—. Mentiría si dijese que me preocupa la suerte de Hyde. He terminado por completo con él. Pensaba, por el contrario, en mi propia reputación, que este odioso asunto ha puesto en peligro.

Utterson rumió un rato el problema; el egoísmo de su amigo le sorprendió y al propio tiempo le producía un alivio. Por último, dijo:

—Veamos primero la carta.

La carta estaba escrita con una letra rara, recta, y la firmaba «Edward Hyde»; daba a entender concisamente que el bienhechor del firmante, doctor Jekyll, al que de una manera tan indigna venía pagando desde hacía tiempo sus mil generosidades, no tenía que alarmarse por su seguridad, porque disponía de elementos para escaparse que le inspiraban absoluta certeza. La carta produjo al abogado un sentimiento de satisfacción, porque presentaba la intimidad entre Jekyll y Hyde bajo un aspecto más favorable a Jekyll de lo que Utterson se imaginaba. Hasta llegó a censurarse a sí mismo por algunas de sus pasadas sospechas.

—¿Tiene a mano el sobre? —preguntó.

—Lo quemé sin darme cuenta de lo que se trataba —contestó Jekyll. Pero no traía sello. Fue entregado en mano.

—¿Quiere que me guarde la carta para consultar con la almohada? —preguntó Utterson.

—Deseo que sea usted mismo quien lo decida todo —fue la contestación de Jekyll—. He perdido la confianza en mí mismo.

—Pues bien, meditaré en ello —contestó el abogado—. Y por ahora, sólo una duda más: ¿fue Hyde quien dictó las frases del testamento relacionadas con una posible desaparición de usted?

El doctor pareció atacado de un acceso de debilidad, cerró fuertemente la boca y contestó que sí con un movimiento de cabeza.

—Yo tenía esa certeza —dijo Utterson—. Se proponía asesinarle. ¡De buena ha escapado!

—He recibido algo que tiene más importancia que eso —contestó el doctor solemnemente—. He recibido una lección, ¡oh Dios, y qué lección he recibido!

Y se cubrió un momento la cara con las manos.

Al rehacer su camino para salir a la calle, el abogado se detuvo y cambió un par de frases con Poole, diciéndole:

—A propósito, tengo entendido que hoy han traído en mano una carta. ¿Qué señas tenía el mensajero que la entregó?

Pero Poole contestó terminantemente que no había llegado nada sino por correo. Y agregó:

—Además, todo han sido circulares.

Esta noticia hizo que el visitante abandonase la casa con sus temores nuevamente despiertos. Era evidente que la carta había llegado por la puerta del laboratorio y hasta era posible que hubiese sido escrita en aquella misma mesa; en ese caso, el asunto tomaba un cariz muy distinto y había que manejarlo con mayor precaución. Cuando caminaba hacia su casa, los vendedores de periódicos enronquecían gritando a lo largo de las aceras:

«¡Edición especial! ¡Repugnante asesinato de un miembro del Parlamento!» Aquella era la necrológica de un amigo y cliente suyo; y no podía evitar que le invadiese cierto recelo de que la buena reputación de otro, cliente y amigo también fuese a ser arrastrada por la marea del escándalo. Era una decisión de gran responsabilidad la que tenía que tomar; y aunque fuese por habito hombre que tenía confianza en sí mismo, empezó a sentir el anhelo de buscar consejo. No podía hacerlo directamente, pero quizá pudiese obtenerlo con rodeos. Eso al menos pensó.

Poco después, Mr. Utterson se hallaba sentado en un ángulo de su chimenea con su jefe de bufete, Mr. Guest, sentado en el otro ángulo; y entre ambos, a distancia bien calculada del fuego, una botella de cierto vino añejo especial, que llevaba largos años sin ver la luz del sol en la bodega de la casa de Mr. Utterson. La niebla seguía dormida, con sus alas extendidas sobre la ciudad anegada, en la que los faroles de gas brillaban como carbúnculos. La procesión de la vida de la ciudad seguía su curso y las grandes arterias, entre el embozo y el ahogo de aquellas nubes caídas y sus ruidos, producían la sensación de un vendaval. Pero la hoguera que ardía en la chimenea daba alegría a la habitación. Dentro de la botella hacía mucho tiempo ya que los ácidos se habían disipado; la púrpura se había suavizado con el tiempo, como el color que se enriquece en las ventanas de vidrios de colores, la transparencia de las tardes calurosas de otoño en las laderas cubiertas de viñedos de las colinas estaba a punto de recobrar su libertad para dispersar las nieblas de Londres. El abogado se fue aplacando insensiblemente. Mr. Guest era el hombre para quien Utterson tenía menos secretos y ni siquiera estaba seguro de que no le confiaba algunos de los que quería guardar. Muchas veces había ido Mr. Guest por diferentes diligencias de negocios a la casa del doctor: conocía Poole, era casi imposible que no hubiese oído hablar en aquella casa de la familiaridad de Mr. Hyde y se habría hecho su composición de lugar.

¿No estaría bien, por eso mismo, que viese una carta que parecía poner en claro aquel misterio? Y, sobre todo, siendo Mr. Guest hombre estudioso y crítico de la caligrafía, ¿no consideraría el paso que pensaba dar Mr. Utterson como muy natural y atento? Sin contar con que el empleado del bufete del abogado era hombre de consejo; sería raro que la lectura del documento no le inspirase alguna reflexión que quizá le sirviese a su jefe para trazarse la línea de conducta que había que seguir.

—Triste asunto el de sir Danvers —dijo Utterson.

—Desde luego —contesto Mr. Guest—. Ha despertado gran sentimiento entre la gente. Claro que el asesino era un loco.

—Me agradaría saber lo que piensa sobre esta materia —siguió diciendo Utterson—. Poseo un documento escrito de su puño y letra; es cosa que debe quedar entre nosotros, por que aún no sé qué línea de conducta seguir; en el mejor de los casos, es un feo asunto. Aquí lo tiene; entra de lleno en sus aficiones; es el autógrafo de un asesino.

A Mr. Guest se le alumbraron los ojos y se puso en el acto a estudiar apasionadamente el documento. Al cabo, dijo:

—Pues no, señor, no es de un loco, pero es una letra extraña.

—Y, de todos modos, quien la trazó es también un ente muy extraño —agregó el abogado.

En aquel mismo instante entró el criado con una carta y el empleado preguntó:

—¿Es del doctor Jekyll, señor? Creí reconocer la letra. ¿Es algo privado?

—Nada más que una invitación para cenar con él. ¿Quiere verla?

—Un momento nada más. Le doy las gracias, señor.

Mr. Guest colocó una junto a otra las dos hojas de papel y comparó con gran cuidado las dos escrituras. Por último, devolvió ambos documentos a Mr. Utterson, diciendo:

—Gracias, señor, es un autógrafo muy interesante.

Hubo un silencio, durante el cual Mr. Utterson luchó consigo mismo. Pero de pronto preguntó:

—¿Por qué ha comparado las dos escrituras, Guest?

—Es que, señor —contestó el empleado—, existe entre ellas un parecido muy especial; ambas escrituras son idénticas en muchos detalles y sólo se diferencian en la inclinación distinta de la letra.

—Es bastante raro —dijo Utterson.

—Sí, tiene razón, es bastante raro —contestó Guest.

—Le agradeceré que no comente nada de esta carta —dijo el abogado.

—Lo comprendo, señor —contestó el empleado.

Pero en cuanto Mr. Utterson se vio aquella noche a solas, cerró con llave en su caja fuerte la carta que le había entregado el doctor Jekyll y allí quedó. Y al guardarla pensaba:

«¡Cómo! ¡Henry Jekyll cometiendo una falsificación para resguardar a un asesino!»

Y le corrió un escalofrío por las venas.

VI
El notable incidente
del doctor Lanyon

Corrieron los días, se ofrecieron miles de libras esterlinas de recompensa, porque la muerte de sir Danvers fue lamentada como una desgracia pública. Mr. Hyde se había puesto fuera del alcance de la policía como si jamás hubiese existido. Es cierto que se aireó una buena parte de su vida, que no podía ser más vergonzosa. Se publicaron relatos de la crueldad de aquel individuo, empedernido y violento al mismo tiempo; de la indignidad de sus costumbres, de las extrañas gentes con quienes se relacionaba y del odio que parecía acompañarle por todas partes, pero de sus andanzas actuales no se supo absolutamente nada.

Se había, pura y simplemente, esfumado desde el momento en que abandonó la casa del Soho en la mañana del crimen; gradualmente, a medida que pasaba el tiempo, Mr. Utterson comenzó a recobrarse de su intensa alarma y a volver paulatinamente a su antigua tranquilidad. Para su modo de pensar, la muerte de sir Danvers estaba más que compensada con la desaparición de Mr. Hyde.

Libre ya de aquella mala influencia, el doctor Jekyll inició una nueva vida. Salió de su aislamiento, reanudó el trato con sus amigos, se convirtió una vez más en huésped y anfitrión habitual de los mismos. Si había sido siempre conocido por sus actos de caridad, no fue menor ahora la buena fama que adquirió por su fervor religioso. Llevaba una vida activa, gustaba del aire libre, hacía el bien; la expresión de su rostro era más franca y parecía como iluminada por el reflejo de un íntimo convencimiento de ser útil a los demás. El doctor vivió en paz por espacio de más de dos meses.

El día 8 de enero, Mr. Utterson había cenado en casa del doctor con unos pocos invitados más. También Lanyon había asistido y la mirada del anfitrión iba del uno al otro, como en los buenos tiempos en que los tres eran amigos inseparables. El día 12, y después el 14, se encontró el abogado con que se le cerraban las puertas. Poole le dijo que el doctor se había aislado y que no recibía a nadie. Como Utterson se había acostumbrado durante los dos últimos meses a verse casi a diario con su amigo, no dejó de preocuparle este retorno a la soledad. La quinta noche de ocurrirle esto, Utterson había invitado a Guest a cenar con él; y la sexta se dirigió a la casa del doctor Lanyon.

Allí por lo menos no le fue negado el acceso; pero, una vez dentro, quedó dolorosamente sorprendido por el cambio que se advertía en el rostro de Lanyon. Se leía claramente en el mismo la sentencia de muerte. El hombre rubicundo estaba ahora pálido; había perdido carnes, se le veía a las claras más calvo y más envejecido; pero no fueron estos síntomas de rápida decadencia física los que llamaron la atención del abogado, sino la expresión de aquella mirada y un algo en las maneras del doctor que revelaban la existencia de un sentimiento de terror profundamente arraigado en aquella alma. Era improbable que el médico temiese morir; y, sin embargo, fue eso lo que Utterson se sintió tentado a sospechar, diciéndose para sus adentros: «Sí, Lanyon es médico; conoce su propio estado y sabe que sus días están contados; y ese conocimiento le resulta insoportable.»

Pero cuando Utterson le habló de su mal aspecto, el doctor Lanyon le declaró con acento de gran firmeza que era hombre al agua, diciéndole:

—He recibido un choque moral y ya nunca me recobraré. Es cuestión de semanas. ¡Qué le vamos a hacer! La vida me fue agradable; le tenía cariño; sí, señor, me había habituado a disfrutarla. Pienso a veces que, si cada uno de nosotros supiese todo lo que hay que saber, nos marcharíamos más alegres de este mundo.

—También Jekyll se encuentra enfermo —le hizo notar Utterson—. ¿Lo ha visitado?

Al oír esta pregunta, cambió la expresión del rostro de Lanyon, alargó una mano temblorosa y exclamó en voz alta e insegura:

—Deseo no ver más al doctor Jekyll ni oír hablar de él. He acabado por completo con esa persona y le suplico que suprima toda alusión a quien considero ya como muerto.

—¡Vaya! —exclamó Utterson y después de un largo silencio preguntó—. ¿No puedo intervenir yo? Somos los tres muy viejos amigos y ya no nos queda vida para hacer otros nuevos.

—Es inútil todo. Pregúnteselo a él mismo —contestó Lanyon.

—No quiere recibirme —dijo el abogado.

—No me sorprende —fue la respuesta de Lanyon—. Algún día, Utterson, cuando yo ya esté muerto, quizá sabrá las razones o sinrazones de esto. Ahora no puedo decírselas. Mientras tanto, si le es posible quedarse aquí y hablarme de otras cosas, hágalo, por el amor de Dios; pero si le resulta imposible dejar en paz este tema maldito, entonces, por amor de Dios, márchese, porque no puedo soportarlo.

En cuanto estuvo de vuelta en casa, Utterson se sentó y escribió a Jekyll quejándose de que lo excluyese de su trato y preguntándole la causa de su lamentable ruptura con Lanyon; al día siguiente recibió una larga respuesta que, si tenía párrafos de gran patetismo, estaba otras veces redactada de un modo oscuro y misterioso. La riña con Lanyon no tenía remedio. Escribía Jekyll:

«No censuro a nuestro viejo amigo, pero comparto su opinión de que nunca más debemos encontrarnos. Me propongo llevar de aquí en adelante una vida de completo aislamiento; no debe sorprenderse, ni debe dudar de mi amistad, si encuentra con frecuencia mi puerta cerrada para usted. Debe tolerar que yo siga mi lóbrego camino. He atraído sobre mí un castigo y un peligro que me es imposible nombrar. Si soy el mayor de los pecadores, soy también el que más sufre de todos. Jamás pensé que hubiese en la tierra lugar de terrores y de dolores tan inhumanos; para aliviar mi destino, sólo una cosa puede hacer, Utterson, y es respetar mi silencio.»

Utterson se hallaba asombrado; había desaparecido la dañina influencia de Hyde, el doctor había reanudado sus antiguas ocupaciones y amistades; hacía una semana todo eran perspectivas sonrientes de una vejez alegre y honrosa; y de pronto, en un solo instante, se venían abajo la amistad, la paz y todo su tenor de vida. Cambio tan grande y tan súbito parecía síntoma de locura; pero, a juzgar por las maneras y por las palabras de Lanyon, la raíz debía de ser mucho más profunda.

Una semana después, el doctor Lanyon cayó en cama y, en algo menos de una quincena, estaba muerto. La noche que siguió al funeral, ceremonia que afectó tristemente a Utterson, se encerró éste con llave en su despacho y, sentado a la luz melancólica de una vela, sacó y puso encima de la mesa un sobre cuya dirección estaba escrita de puño y letra de su difunto amigo, además de estar lacrado con su sello, y que rezaba de esta enfática manera: «*Reservado*: Para entregar en "propias manos" y únicamente a J. G. Uttetson y, si éste hubiese fallecido, para que "sea quemado sin abrir".»

El abogado sentía miedo de enterarse del contenido, pensando: «Hoy he enterrado a un amigo. ¿No irá este escrito a hacerme perder otro?» Pero aquel temor se le antojó deslealtad y rompió el lacre. Dentro del primer sobre había otro, lacrado también, que tenía esta inscripción: *No deberá abrirse hasta la muerte o desaparición del doctor Henry Jekyll.*

Utterson no daba crédito a sus ojos. Sí, decía *desaparición*; también aquí lo mismo que en el loco testamento, que hacía tiempo ya que había devuelto a su autor, se hacía presente la idea de una desaparición y el nombre del doctor Henry Jekyll entrecomillado. Pero en el testamento era Mr. Hyde quien ocasionaba la idea de la desaparición; constaba en el escrito con una finalidad demasiado evidente y demasiado horrible. ¿Qué podía significar estando escrita de puño y letra de Lanyon?

El testamentario sintió una gran curiosidad que le hizo pensar en no hacer caso de la prohibición y en zambullirse de una vez hasta lo más profundo de aquellos misterios, pero el honor profesional y la fe que debía a su difunto amigo constituían deberes muy rigurosos, y el sobre durmió en el más apartado rincón de su caja de caudales particular.

Pero una cosa es defraudar la curiosidad y otra vencerla; y no es seguro que de allí en adelante deseara Utterson la compañía de su amigo superviviente con el mismo anhelo que hasta entonces. Pensaba en él con cariño, pero sus pensamientos estaban llenos de temor y de inquietud. Desde luego, fue a visitarlo, pero acaso que le negasen la entrada fue para Utterson motivo de alivio; quizá allá, en su corazón, prefería hablar con Poole en el umbral, rodeado de la atmósfera y de los ruidos de la calle abierta, mejor que ser recibido en aquella casa de reclusión voluntaria y sentarse para conversar con su inescrutable preso. Las noticias que Poole tenía que comunicarle no eran, desde luego, agradables. Según ellas, ahora más que nunca, el doctor vivía confinado en el despacho que tenía encima del laboratorio e incluso dormía a veces allí; vivía abatido, se había vuelto muy callado y ya no leía nada; se habría dicho que tenía un peso en el alma.

Como esta clase de informes eran siempre de un carácter idéntico, Utterson fue poco a poco espaciando sus visitas.

VII
El incidente de la ventana

Un domingo, cuando Mr. Utterson daba su paseo habitual en compañía de Mr. Enfield, dio la casualidad de que volvieran a pasar por la callejuela; al pasar por delante de la puerta, ambos paseantes se detuvieron y se quedaron miran- do hacia ella. Mr. Enfield dijo:

—Se acabó por fin aquel asunto. Ya no volveremos jamás a ver a Mr. Hyde.

—Me imagino que no —dijo Mr. Utterson—. ¿Le he dicho ya que hablé con él en cierta ocasión y que experimenté su mismo sentimiento de repulsión?

—Era imposible verlo y no sentirlo —contestó Enfield—. A propósito, ¿verdad que me tomaría por un mastuerzo al no averiguar yo que ésta viene a ser la parte trasera de la casa de Mr. Jekyll? Pues culpa suya fue que lo averiguase por fin.

—¿De modo que lo averiguó por fin? —dijo Utterson—. Pues, si es así, bien podemos entrar en la plazoleta y echar un vistazo a las ventanas. Para ser sincero, estoy intranquilo por el pobre Jekyll y tengo la sensación íntima de que la presencia de un amigo, aunque sea fuera de la casa, pudiera serle de utilidad.

La plazoleta estaba muy fría y se hallaba algo húmeda y en pleno crepúsculo prematuro, porque allá arriba el cielo brillaba todavía con el sol poniente. De las tres ventanas, la del centro se hallaba a medio abrir; junto a ella, tomando el aire con expresión de tristeza infinita, a la manera de algún afligido presidiario, vio Utterson al doctor Jekyll y le gritó:

—¿Cómo va eso, Jekyll? Me imagino que ya estará mejor.

—Estoy triste, Utterson, estoy muy triste —repuso el doctor con voz que causaba espanto—. Ya no viviré mucho gracias a Dios.

—Vive usted demasiado tiempo encerrado —le dijo el abogado—. Debería salir para activar la circulación de la sangre, como lo hacemos Mr. Enfield y yo... Le presento a mi primo, Mr. Enfield..., Mr. Jekyll... ¡Hale!, póngase el sombrero y venga a dar un rápido paseo con nosotros.

—Es usted muy bueno —suspiró el de la ventana—. Me agradaría mucho dar ese paseo; pero no, es completamente imposible, no me atrevo. Pero de veras, Utterson, me alegro mucho de verle; constituye para mí un gran placer auténtico. Yo les convidaría a usted y a Mr. Enfield a subir a mi despacho, pero la verdad es que el lugar no está como para recibir a nadie.

—Pues entonces —dijo el abogado con toda simpatía—, lo mejor que podemos hacer es quedarnos aquí y conversar con usted desde donde estamos.

—Eso es precisamente lo que iba yo a arriesgarme a proponerles —contestó sonriente el doctor

Pero no bien pronunció estas palabras cuando la sonrisa desapareció de su rostro, siendo reemplazada por una expresión de terror y desesperación tan abyectos que a los dos caballeros que había en la plazoleta se les heló la sangre en las venas. Aquello duró el tiempo de un relámpago, porque instantáneamente se cerró la ventana; pero aquella ojeada había sido suficiente y ambos caballeros salieron a la calle sin pronunciar palabra. También en silencio cruzaron la callejuela;

sólo cuando estuvieron en una arteria próxima, en la que había cierto movimiento incluso los domingos, se volvió por fin Mr. Utterson para mirar a su compañero. Los dos estaban pálidos y en sus ojos había como una respuesta horrorizada. Mr. Utterson exclamó:

—¡Qué Dios nos tenga de su mano! ¡Qué Dios nos tenga de su mano!

Pero Mr. Enfield sólo pudo hacer un ademán afirmativo con la cabeza y siguieron paseando otra vez en silencio.

VIII
La última noche

Una noche, Mr. Utterson estaba sentado junto al fuego después de cenar, cuando recibió con sorpresa la visita de Poole. Al verlo, exclamó:

—¿Cómo por aquí, Poole? ¿Qué es lo que le trae —y después de fijarse en él, agregó—: ¿Qué ocurre de malo? ¿Está enfermo el doctor?

—Mr. Utterson —dijo el hombre—, las cosas no van bien.

—Siéntese y beba este vaso de vino —dijo el abogado—. Y ahora, después de que se haya sosegado, dígame sin rodeos en qué puedo ayudarle.

—Ya conoce la manera de ser del doctor y cómo suele encerrarse sin recibir a nadie. Pues bien, otra vez vive encerrado en el despacho; y no me gusta nada lo que ocurre; no, señor. ¡Que me muera si me gusta lo que ocurre! Mr. Utterson, estoy asustado.

—¡Venga, hombre, desembúchelo todo! ¿De qué está asustado?

—Llevo una semana con el susto en el cuerpo y ya no puedo soportarlo más —contestó Poole, esquivando obstinadamente la pregunta.

El aspecto del hombre confirmaba plenamente sus palabras; sus maneras habían empeorado; y fuera del primer instante, cuando dio a entender su terror, no había vuelto a mirar una sola vez al abogado a la cara. Y aun ahora seguía con el vaso de vino sobre sus rodillas, sin probarlo, y con la mirada fija en un ángulo del suelo de la habitación; volvió a repetir:

—No puedo soportarlo más.

—Poole —dijo el abogado—, veo que oculta algo importante, veo que ocurre algo grave. Haga un esfuerzo y dígamelo.

—Creo que alguien ha jugado sucio —contestó Poole con voz áspera.

—¿Que alguien ha jugado sucio? —exclamó el abogado, al que su gran temor produjo la irritación consiguiente—. ¿Qué juego sucio es ese? ¿Qué quiere decir?

—No me atrevo a hablar más, señor —fue la contestación del mayordomo—. ¿Quiere acompañarme y ver usted mismo lo que ocurre?

Por toda contestación, Mr. Utterson se levantó y se puso el sombrero y el gabán; pero no pudo menos de fijarse en la expresión de gran alivio del rostro del mayordomo y no fue menor su asombro al observar que dejaba intacto el vaso de vino para seguir tras él.

Era una noche desabrida, fría, de principios de marzo; la luna estaba de espaldas en el firmamento, como si el viento la hubiese basculado, y volaban celajes del más diáfano tejido de linón. El viento hacía difícil hablar y ponía venas rojizas en la cara. Parecía además que hubiese barrido las calles de transeúntes de un modo desacostumbrado, y a Mr. Utterson le dio la impresión de que no había visto nunca tan desierta aquella parte de Londres. Era lo contrario de lo que él había deseado; nunca en su vida había experimentado de un modo tan agudo el deseo de ver y de tocar a otros seres humanos, a pesar de los esfuerzos que hacía, no lograba apartar de su pensamiento el abrumador barrunto de una calamidad.

Cuando entró en la plaza, era ésta un remolino de viento y de polvo, y los delgados arbolillos del jardín azotaban con sus ramas la verja. Poole, que durante todo el camino se había mantenido uno o dos pasos delante de Mr. Utterson, se detuvo ahora en medio de la calzada y, a pesar de lo crudo de la temperatura, se quitó el sombrero y se enjugó el sudor con un pañuelo rojo. Aunque habían caminado deprisa, no era el sudor del ejercicio físico lo que se enjugaba sino la fría humedad de la angustia que lo ahogaba; porque estaba pálido y su voz era áspera y quebrada.

—Bien, señor —dijo—, ya hemos llegado y quiera Dios que no ocurra nada malo.

—Amén —contestó el abogado.

El mayordomo entonces llamó a la puerta con mucha reserva; ésta se entreabrió, sujeta por dentro con la cadena una voz preguntó desde el interior:

—¿Eres tú, Poole?

—Soy yo; abre —dijo Poole.

Cuando entraron en el vestíbulo, éste se hallaba brillantemente iluminado; el fuego ardía con fuerza en la chimenea y toda la servidumbre, hombres y mujeres, se apelotonaban alrededor del hogar como un rebaño de cordero. Al ver a Mr. Utterson, estalló la doncella en lloriqueos histéricos y la cocinera corrió a echarse en sus brazos, gritando:

—¡Bendito sea Dios! ¡Ya está aquí Mr. Utterson!

—Pero ¿cómo? ¿Qué es esto? —exclamó el abogado en tono de reconvención—. Esto se sale de las normas; parece increíble y es seguro que desagradaría a Mr. Jekyll.

—Están asustados —dijo Poole.

Siguió a esto un silencio tétrico, sin que nadie pudiera oír la más leve protesta; únicamente la doncella se puso chillar y llorar ruidosamente.

—¡Calla la boca! —le dijo Poole, con una ferocidad de expresión en la que se delataba la alteración de sus propio nervios.

La verdad es que cuando la joven aumentó de pronto la intensidad de su llanto, todos se sobresaltaron y se volvieron para mirar hacia la puerta interior con rostros en que se pintaba la expectación más temerosa. El mayordomo, encarándose con el marmitón, siguió diciendo:

—Tráeme una vela y pondremos manos a la obra inmediatamente.

Rogó después a Mr. Utterson que le siguiese y le condujo a través del jardín interior.

—Camine, señor, con el mayor tiento posible —le dijo—. Desearía que escuchase sin ser oído. Además, si acaso él le rogase que entre en su despacho, guárdese de hacerlo.

Este final inesperado provocó tal sacudida en los nervios de Mr. Utterson, que estuvo a punto de perder la serenidad; pero concentró todo su valor y entró detrás del mayordomo en el laboratorio cruzando por entre los canastos y las botellas hasta el pie de la escalera que conducía al despacho. Una vez allí, Poole le indicó que permaneciese a un lado y que escuchase; mientras él, dejando la vela en el suelo y haciendo un claro llamamiento a su fuerza de voluntad, subía las escaleras y golpeaba con mano insegura la puerta, revestida de bayeta roja, del despacho.

—Señor, Mr. Uttetson está aquí y desea verle —dijo y, mientras hablaba, indicó por señas aún más expresivas al abogado que prestase atención.

Una voz contestó desde dentro:

—Dígale que no puedo ver a nadie. El tono de la voz era quejumbroso.

—Gracias, señor —dijo Poole y su voz tenía vibraciones de triunfo, tomó la vela que había puesto en el suelo y condujo a Mr. Utterson, a través del patio, hasta la cocina principal, en la que el fuego estaba apagado y unos pequeños insectos negros saltaban por el suelo.

—Señor —dijo, mirando fijamente a los ojos a Mr. Uttetson—, ¿era ésa la voz de mi amo?

—Muy cambiada parece —contestó el abogado, muy pálido, pero sosteniendo la mirada de Poole.

—¿Cambiada? Quizá —dijo el mayordomo—. ¿Llevo o no llevo veinte años en la casa de este hombre para que pueda equivocarme respecto a su voz? No, señor, han acabado con el amo; acabaron con él hace ocho días, cuando le oí gritar: «¡Por amor de Dios!». Y ¿quién es el que está ahí dentro haciéndose pasar por él y por qué permanece donde está? Son cosas que claman al cielo, Mr. Utterson.

—Ésa es una historia por demás extraña, Poole; es una historia desatinada, hombre de Dios —exclamó Mr. Utterson mordiéndose el dedo—. Demos por sentado que sea lo que usted supone, porque lo que supone es que el doctor Jekyll ha sido... asesinado. ¿Cómo se compagina eso con la permanencia del asesino? Es una suposición que no se sostiene y que rechaza la razón.

—Mr. Utterson, es usted un hombre difícil de convencer, pero lo lograré —dijo Poole—. Durante toda la última semana, es preciso que se lo diga, él o lo que vive ahí dentro del despacho, sea lo que sea, ha estado pidiendo noche y día yo no sé qué especie de medicina y no se satisface con las que le traen. En ocasiones adopta la costumbre del amo, es decir, escribe una orden y echa el papel a la escalera. Durante toda la semana no nos ha devuelto nada, no hemos visto más que papeles y la puerta cerrada, y hasta las comidas hemos tenido que dejarlas ahí para que él las metiese dentro a escondidas cuando nadie le miraba. Sí, señor; todos los días, hasta dos y tres veces, se han recibido órdenes y se han oído quejas, y yo he tenido que salir volando a todas las casas de productos farmacéuticos al por mayor que hay en Londres. Cuantas veces he traído la mercancía, otras tantas he recibido un papel ordenándome que volviese a decirles que el producto no era puro, y otro pedido para una casa diferente. Sea para lo que sea, esa droga que pide la necesita desesperadamente.

—¿Tiene a mano alguno de esos papeles? —preguntó Utterson.

Poole hurgó en su bolsillo y le entregó un papel arrugado que Utterson estudió cuidadosamente, acercándose más a la luz de la vela. Decía así:

«El doctor Jekyll presenta sus saludos a los señores Maw y les asegura que la última muestra es impura y completamente inútil para el fin que desea. El doctor J. compró el año 18… a los señores M. una cantidad algo mayor. Suplica, pues, encarecidamente, que busquen con el mayor cuidado por si quedase algún resto de aquel producto y que se lo envíen inmediatamente. No se repare en el precio. Es difícil exagerar la importancia que esto tiene para el doctor Jekyll.»

Hasta llegar a ese punto, la nota estaba escrita con serenidad; pero de pronto, la emoción del escritor había estallado en súbitas salpicaduras de tinta, agregando: «¡Por el amor de Dios! Búsquenme alguna cantidad del producto antiguo.»

—Es una nota extraña —dijo Mr. Utterson y luego preguntó con viveza—. ¿Cómo está en su poder?

—El hombre que me atendió en la casa Maw se enojó al leerla y me la tiró como quien tira un papel a la basura, señor —contesto Poole.

—¿Sabe si esta caligrafía es, sin discusión alguna, la del doctor? —preguntó el abogado.

—Así me lo pareció —dijo el criado algo molesto; pero luego agregó, cambiando de voz—. Y ¿qué importancia tiene la caligrafía cuando yo lo he visto a él?

—¿Que lo ha visto? —replicó Mr. Utterson—. ¿Cómo fue?

—Pues fue así —dijo Poole—: me metí de pronto en el anfiteatro, viniendo del jardín. Por lo visto él había salido del despacho en busca de su droga o de lo que sea; porque la puerta estaba abierta y él revolviendo entre los canastos, al extremo del laboratorio. Cuando yo entré, levantó la vista, dejó escapar algo así como un grito y salió corriendo escaleras arriba, metiéndose en el despacho. Lo vi sólo un minuto y los pelos se me pusieron tiesos como si fuesen púas. Señor, si aquel era mi amo, ¿por qué llevaba la cara tapada con una máscara? Si aquel era mi amo, ¿por qué dio un chillido como de rata y huyó de mí? Llevo suficientes años sirviéndole. Además… —el hombre calló un momento y se pasó la mano por la cara.

—Todos estos son detalles muy extraños —dijo Utterson—, pero creo que empiezo a ver claro. Su amo, Poole, padece alguna de esas enfermedades que torturan y deforman a quien las sufre; de ahí proviene, a mi entender, la alteración de su voz; de ahí que lleve una máscara y evite el trato de sus amigos; de ahí su angustia por procurarse esa droga, que es la última esperanza que tiene su alma de encontrar la curación. ¡Quiera Dios que no se engañe! Ésa es mi explicación; es bastante triste, Poole, y aterra pensar en ella; pero es una cosa lógica y clara, que se compagina bien y que nos libra de toda clase de alarmas exageradas.

—Señor —dijo el mayordomo y su cara se cubrió de una palidez moteada—, aquello que yo vi no era mi amo, y esa es la pura verdad. Mi amo —y Poole miró en torno suyo y empezó a hablar cuchicheando— es un hombre alto y fornido, y lo que yo vi era un enano.

Utterson intentó protestar.

—Pero, señor —exclamo Poole—, ¿cree usted que no conozco a mi amo después de vivir con él veinte años? ¿Se imagina que no sé hasta dónde llega con su cabeza en la puerta del despacho, si lo he visto en ella todas las mañanas de mi vida? No, señor, la cosa aquella enmascarada no era el doctor Jekyll y mi corazón me dice que se ha cometido un asesinato.

—Poole —dijo el abogado—, puesto que eso afirma, mi obligación es cerciorarme y salir de dudas. Por grande que sea mi deseo de no herir la susceptibilidad de su amo, por mucho que me intrigue su nota, que parece demostrar que se encuentra vivo, considero mi deber echar abajo la puerta de esa habitación.

—Muy bien, Mr. Utterson —exclamó el mayordomo.

—Ahora viene la segunda parte: ¿quién derribará la puerta? —siguió diciendo Utterson.

—¡Usted y yo, naturalmente! —fue la resuelta contestación.

—Muy bien dicho —prosiguió el abogado—; y ocurra lo que ocurra, de mi cuenta corre que no pierda usted nada con ello.

—En el anfiteatro hay un hacha —dijo Poole—; usted podría armarse con el atizador de la cocina.

El abogado echó mano a ese rudo pero pesado instrumento y lo blandió; luego alzó los ojos y dijo:

-¿Se da cuenta, Poole, de que usted y yo vamos a pasar por momentos de peligro?

—¡Desde luego que me doy cuenta! —contestó el mayordomo.

—Vale la pena que hablemos con franqueza —dijo Utterson—. Los dos pensamos cosas que no hemos dicho; ¡fuera, pues, disimulos! ¿Reconoció a la persona enmascarada?

—Vera, señor, corrió tan rápido y marchaba tan encogido que no podría jurarlo —fue la respuesta—. Pero si me pregunta: ¿era Mr. Hyde?, le diré que sí, que me parece que sí. Porque era más o menos de su misma corpulencia; porque era vivaracho como él y porque, además, ¿qué otra persona podía entrar por la puerta del laboratorio? ¿Ha olvidado, señor, que cuando cometió el asesinato de sir Danvers disponía aún de la llave? Pero eso no es todo. Ignoro, Mr. Utterson, si habrá hablado alguna vez con Mr. Hyde.

—Sí —dijo el abogado—, he hablado con él en una ocasión.

—Entonces sabrá, como todos nosotros, que había algo raro en ese caballero…, algo que moldeaba a una persona…

—La verdad es que no encuentro palabras adecuadas, fuera de estas: que llegaba hasta la médula…, un no sé qué de escalofriante y de cortante.

—Confieso que yo experimenté algo por el estilo —contestó Mr. Utterson.

—Muy bien; pues —prosiguió Poole—, cuando esa cosa enmascarada y parecida a un mono saltó de entre los productos químicos y salió disparada escaleras arriba, me corrió por toda la espina dorsal un escalofrío. Sí, Mr. Utterson, se bien que eso no constituye una prueba; he leído lo bastante para saberlo; pero uno tiene sus sentimientos…, y yo le juro sobre la Biblia que era Mr. Hyde.

—Sí, le creo —dijo el abogado—. Mis temores me inclinan hacia esa misma tesis. Yo temía fundadamente, estaba seguro de que semejante relación había de traer malas consecuencias. Le creo, sí; creo que el pobre Henry ha muerto y creo que su asesino sigue acechando en el despacho de la víctima, Dios sólo puede saber con qué fines. Vamos, pues, a tomar venganza. Llame a Bradshaw.

El lacayo acudió al llamamiento, muy pálido y nervioso. El abogado le dijo:

—¡Ánimo, Bradshaw! Me doy cuenta de que esta incertidumbre les tiene asustados a todos, pero estamos ya decididos a terminar con ella. Poole y yo vamos a entrar por la fuerza en el despacho. Si no ha ocurrido nada, mis espaldas son lo bastante anchas para soportar todas las censuras. Por de pronto, y por si ha ocurrido alguna desgracia o algún mal hechor intenta huir por la parte trasera de la casa, usted y el muchacho irán, provistos de dos buenas estacas, a situarse a la puerta del laboratorio. Disponen de diez minutos para colocarse en su puesto.

Cuando Bradshaw se retiró, el abogado consultó su reloj y dijo:

—Y ahora, Poole, vamos nosotros a ocupar los nuestros.

Agarró el atizador y marchó delante, saliendo al patio. Los celajes se habían remansado encima de la luna y la noche estaba oscura. El viento, que sólo penetraba en aquel pozo profundo que formaban los edificios circundantes, por vaharadas y corrientes, hacía bailar la luz de la vela entre sus pasos, hasta que llegaron a ponerse al abrigo del anfiteatro, donde se sentaron en silencio a esperar. Se oía alrededor el solemne zumbido de Londres; pero al lado mismo de ellos, únicamente interrumpía el silencio el ruido de unos pasos que iban y venían constantemente por el suelo del gabinete. Poole susurró:

—Tal como ahora, se pasa el día caminando; el día y la mayor parte de la noche. Sólo se interrumpe un rato cuando llega alguna nueva muestra de los almacenes farmacéuticos. ¡Una mala conciencia es el peor enemigo del sueño!

¡Sí, señor, en cada paso de los que da hay sangre criminalmente derramada! Pero vuelvo a decirlo, Mr. Utterson…, escuche con atención, ¿esos pasos son los del doctor?

Aunque lentas, las pisadas sonaban ligeras y extrañas, llenas de elasticidad; era algo completamente distinto del paso pesado y crujiente del doctor Jekyll. Utterson suspiró:

—¿No tiene nada más que contarme? Poole asintió con la cabeza y dijo:

—Sí; una vez le oí llorar.

—¿Llorar? ¿Cómo fue? —preguntó el abogado, sintiendo un súbito escalofrío de terror.

—Lloraba igual que una mujer o un alma en pena —dijo el mayordomo—. Me dejó un peso tal en el corazón que, cuando me retiré, estaba yo también a punto de llorar.

Habían pasado ya los diez minutos. Poole desenterró el hacha de entre un montón de paja de embalar, colocaron la vela encima de la mesa más próxima a fin de que les alumbrase durante el ataque y se fueron acercando con el aliento en suspenso al lugar en que sonaban incansables los pasos, en un constante ir y venir en medio del silencio de la noche. Utterson gritó con todas sus fuerzas:

—Jekyll, deseo verle —calló un momento, pero no obtuvo contestación—. Le advierto noblemente que se ha despertado nuestra desconfianza y debo entrevistarme con usted; y me entrevistaré —siguió diciendo—. Si no es por las buenas, será por las malas… Si no es con su consentimiento, será por la fuerza bruta.

—¡Utterson, por amor de Dios, tenga compasión de mí! —exclamó la voz.

—¡Esa no es la voz de Jekyll…, es la de Hyde! —exclamó Utterson—. ¡Vamos a echar abajo la puerta, Poole!

Poole dio impulso al hacha por encima de su hombro; el hachazo hizo retemblar el edificio y la puerta de bayeta roja sufrió una tremenda sacudida contra los goznes y la cerradura. En el interior del despacho estalló un chillido tristísimo de terror puramente animal. El hacha volvió a alzarse y otra vez los paneles de la puerta crujieron y la armazón vibró con violencia, cuatro veces más cayó el hacha, pero la madera era dura y el montaje había sido hecho por obreros excelentes; hasta el quinto hachazo no quedó arrancada la cerradura y los restos de la puerta se derrumbaron hacia el interior, cayendo sobre la alfombra.

Los sitiadores, asustados por su propio estrépito y por el silencio que siguió luego, no avanzaron, limitándose a mirar al interior. Tenían ante sus ojos el despacho iluminado por la tranquila luz de una lámpara; en la chimenea ardía entre chasquidos un buen fuego, la olla cantaba su fino estribillo, veíanse un par de cajones abiertos, sobre la mesa-escritorio, ordenados cuidadosamente, muchos papeles, y más cerca del fuego, el servicio de té dispuesto para tomarlo; a cualquiera le habría parecido la habitación más tranquila y la más vulgar del Londres de aquella noche, a no ser por los armarios de cristal, llenos de productos químicos.

En el centro mismo de la habitación yacía el cuerpo de un hombre, dolorosamente contorsionado y palpitante aun. Se acercaron a él de puntillas, lo voltearon boca arriba y se encontraron ante la cara de Edward Hyde. Vestía ropas demasiado grandes para él, ropas que correspondían a la corpulencia del doctor; los nervios de su cara se movían aún, dando una sensación de vida, pero ésta se había acabado ya por completo, por el frasco destrozado que tenía en la mano y por el fuerte olor a almendras amargas que flotaba en el aire, comprendió Utterson que tenía delante el cuerpo de un suicida.

—Hemos llegado demasiado tarde —dijo severamente—, lo mismo para salvar que para castigar. Hyde se ha marchado a rendir cuentas y ya sólo nos queda descubrir el cadáver del doctor Jekyll.

La parte mayor del edificio la ocupaban el anfiteatro, que abarcaba casi toda la planta baja y recibía luz cenital, y el despacho, que formaba un piso superior a un extremo de aquél y daba a la plazoleta. Un pasillo comunicaba el anfiteatro con la puerta que daba a la callejuela; y el despacho con aquél por un segundo tramo de escaleras. Había, además, algunas habitaciones oscuras y un espacioso sótano. Utterson y Poole examinaron una tras otra todas las habitaciones. Bastaba echar un vistazo a las habitaciones sin ventanas para corroborar que estaban vacías y que hacía mucho tiempo que no habían sido abiertas, a juzgar por el polvo que cayó de las puertas. El sótano estaba lleno de maderas de todas las clases, la mayor parte de las cuales databa de los tiempos del cirujano que había precedido a Jekyll; pero con sólo abrir la puerta se convencieron de la inutilidad de llevar adelante el registro, porque una tupida red de telaraña les demostró que el sello que formaba en la puerta no había sido roto en muchos años. No había por parte alguna rastro de Henry Jekyll, ni vivo ni muerto.

Poole golpeó con el pie las losas del pasillo y exclamó, prestando oído atento al sonido que hacían:

—Debe de estar sepultado aquí.

—O quizá haya huido —dijo Utterson.

Y se volvió para examinar la puerta de la callejuela. Estaba cerrada; cerca de ella, encima de una de las losas, encontraron la llave, con señales ya de oxidación.

—No parece que haya sido usada —hizo notar el abogado.

—¡Usada! —repitió Poole—. ¿No ve, señor, que está rota? Como si alguien la hubiese pisoteado.

—Tiene razón —siguió diciendo Utterson—, y hasta el sitio de la rotura está roñoso —ambos hombres se miraron sobresaltados—. No alcanzo a comprender, Poole.

Subieron las escaleras en silencio y de esa forma procedieron a examinar más detenidamente el contenido del despacho, dirigiendo de cuando en cuando algunas miradas de espanto al cadáver. Advirtieron en una mesa señales de haberse trabajado allí en combinaciones químicas, porque había varios montoncitos de unas sales blancas en platos pequeños de cristal, como si estuviesen preparados para un experimento que la llegada de los dos hombres había impedido hacer al muerto.

—Es la misma droga que yo le he estado trayendo constantemente —dijo Poole. En el instante de decir estas palabras, la olla resopló con un ruido que les produjo sobresalto.

Esto los condujo hacia la chimenea; junto al fuego se hallaba el sillón y, a un lado y al alcance de la mano, el servicio de té, completamente a punto: hasta el azúcar había sido echado en la taza. Veíanse varios libros en un estante; otro libro estaba abierto en la mesita de té. Utterson vio con asombro que se trataba de un libro piadoso por el que Jekyll había demostrado gran estimación en varias ocasiones, pero que estaba acotado con blasfemias indignantes de puño y letra del mismo.

Continuando en su examen de la habitación, se acercaron al espejo basculante y contemplaron su luna con horror involuntario. Pero el ángulo de su inclinación sólo les reflejaba el rojizo resplandor que jugueteaba en el techo, el llamear del fuego que se multiplicaba en los cristales delanteros de los armarios y sus propios rostros, pálidos y temerosos, inclinados para mirar en su luna.

—Este espejo ha debido ver cosas extraordinarias —susurró Poole.

—Aunque lo más extraño aquí es el espejo mismo —dijo el abogado, susurrando también—. ¿Para que pudo Jekyll —al pronunciar estas palabras se detuvo, pero se sobrepuso enseguida a su debilidad—... para qué pudo Jekyll necesitarlo?

—Tiene razón, ¿para qué?

Pasaron a examinar la mesa-escritorio. Entre los papeles cuidadosamente distribuidos destacaba un sobre voluminoso que tenía escrito, de puño y letra del doctor, el nombre de Mr.

Utterson. El abogado rompió el lacre, y cayeron al suelo varios papeles que había dentro. El primero era una declaración de voluntad, redactada en los mismos términos excéntricos que la que el abogado le había devuelto seis meses antes y que debería servir de testamento en caso de muerte o de acta de donación en caso de desaparecer Jekyll; pero el abogado vio con indecible asombro que, en lugar del nombre de Edward Hyde, figuraba en el documento el de Gabriel John Utterson. Miró primero a Poole, volvió a fijar la vista en los documentos y contempló por último el cadáver del malhechor, que yacía sobre la alfombra, y dijo:

—Me siento presa del vértigo... De modo que todos estos días han estado estos documentos en su poder, no tenía motivos para sentir simpatía por mí; le habrá puesto furioso el verse desplazado; y, sin embargo, no ha destruido el documento.

Echó mano del papel siguiente, que consistía en una breve nota de puño y letra del doctor, con la fecha en el borde superior. Esto hizo exclamar al abogado:

—¡Oh, Poole! Hoy vivía y ha estado aquí. No es posible que el asesino haya podido hacer desaparecer el cadáver en tan poco tiempo. ¡Seguramente vive y ha huido!... Pero ¿por qué ha huido? Y ¿cómo? En ese supuesto, ¿podemos aventurarnos a calificar de suicidio la muerte de este otro? Debemos andar con mucho tiento. Preveo que podríamos envolver a Mr. Jekyll en alguna terrible catástrofe.

—¿Por qué no lee lo que dice? —le preguntó Poole.

—Porque me da miedo —contestó el abogado—. ¡Quiera Dios que sea infundado!

Dicho esto, extendió el documento ante sus ojos y leyó lo que sigue:

«Mi querido Utterson:

Cuando este papel llegue a sus manos, yo habré desaparecido, aunque no puedo prever en qué circunstancias porque no llega a tanto mi penetración; pero el instinto y la incalificable situación en que me encuentro me dicen que el final es inevitable e inminente. Después de leer esto, empiece por repasar el relato que el Dr. Lanyon ha debido de entregarle, según me advirtió; y, si aún desea saber más, lea la confesión de este su indigno y desdichado amigo,

Henry Jekyll»

—¿Existe, según esto, otro sobre más? —preguntó Utterson.

—¡Aquí está, señor! —dijo Poole y le entregó un paquete cerrado con varios lacres.

El abogado se lo metió en el bolsillo.

—No querría hablar para nada de este documento. Si su amo ha huido o está muerto, podremos por lo menos dejar a salvo su buena reputación. Son ahora las diez; es preciso que yo regrese a mi casa y lea con tranquilidad estos documentos; sin embargo, estaré de vuelta para la medianoche y entonces avisaremos a la policía.

Salieron del edificio, cerrando tras ellos la puerta del anfiteatro. Utterson dejó de nuevo a la servidumbre reunida en el vestíbulo alrededor del fuego y regresó con paso cansado a su despacho, para leer las dos narraciones en las que se aclara el misterio.

IX
El relato del doctor Lanyon

El 9 de enero, es decir, hace cuatro días, me llegó en el reparto del correo un sobre certificado; la dirección estaba escrita de puño y letra de mi colega y antiguo compañero de escuela, Henry Jekyll. Me produjo una gran sorpresa, porque no era corriente entre nosotros comunicarnos por correo y porque precisamente la noche anterior había estado cenando con él, no ocurriéndoseme razón alguna que justificase la certificación de la carta. El contenido de la misma no hizo sino aumentar mi asombro, porque decía así:

«9 de enero de 18…
«Querido Lanyon:

Es usted uno de mis más antiguos amigos; aunque en ocasiones hemos disentido en temas científicos, no llego a recordar, por mi parte al menos, ninguna ruptura del afecto que nos profesamos. No hubo jamás un día en que, si usted me hubiese dicho "Jekyll, mi vida, mi honor, mi razón están pendientes de su persona", no hubiese sacrificado mi fortuna y hasta mi mano izquierda para ayudarle. Lanyon, tanto mi vida, mi honor y mi razón se hallan a merced suya; si esta noche me falla, soy hombre perdido. Acaso tras este prefacio piense que voy a pedirle que cometa algún acto deshonroso. Júzguelo usted mismo.

»Necesito que prescinda de todos los compromisos que pueda tener para esta noche…, sí, aunque tenga que acudir junto al lecho de un emperador; que tome un coche de alquiler, a menos que tenga el suyo esperando en la puerta, y que con esta carta en la mano como guía venga derecho a mi casa. Poole, mi mayordomo, ha recibido ya instrucciones; lo encontrará esperándole en compañía de un cerrajero. Procederá usted entonces a forzar la puerta de mi despacho y penetrará solo en el mismo; abrirá el armario de cristal (letra E) que está al lado izquierdo, violentando la cerradura si no estuviese abierto; sacará del armario, *con todo lo que contiene y tal como está*, el cuarto cajón contando desde arriba, o lo que es lo mismo, el tercer cajón contando desde abajo. Siento un temor enfermizo de no acertar a darle las instrucciones exactas, porque anímicamente me encuentro en la más profunda angustia, pero aunque yo me equivocase, identificará el cajón por su contenido: cierta cantidad de polvos, un frasco y un libro de notas. Le suplico que vuelva a su casa de Cavendish Square y se lleve el cajón, pero sin tocar su contenido.

»Hasta aquí la primera parte de mi petición; paso ahora a la segunda. Si pone manos a la obra en cuanto reciba esta carta, podrá estar de regreso en su casa con bastante anterioridad a la medianoche; pero le doy ese margen de tiempo, no sólo por temor a que puedan surgir circunstancias imprevistas, sino también porque es preferible para lo que queda por hacer que se haga a una hora en que ya estén acostados sus criados. Le pido, pues, que, cuando den las doce de la noche, se encuentre solo en su sala de consulta, para que abra usted mismo la puerta a un hombre que se presentará en mi nombre, y le haga usted entrega del cajón que habrá llevado de mi despacho. Con esto queda terminada su intervención y habrá merecido mi completo agradecimiento. Pero si insiste en tener una explicación de todo esto, tendrá cinco minutos después la prueba de que todos estos detalles son de la mayor importancia y que bastará que descuide uno solo, a pesar de lo fantástico que todo esto le parezca, para que cargue sobre su conciencia mi muerte y el naufragio de mi razón.

»A pesar de toda la confianza que tengo en que no tomará a broma esta suplica mía, sólo con pensar en semejante posibilidad siento un desmayo en el corazón y me tiembla la mano. Piense que, en este mismo instante, me encuentro en un sitio extraño, angustiado por horribles preocupaciones que ni la imaginación alcanza, pero con la seguridad completa de que, si hace lo que le suplico, mis dificultades se alejarán igual que un relato cuando ha acabado de contarse. Ayúdeme, querido Lanyon, y salve a su amigo,

H.J.

»Posdata. Tenía ya lacrada esta carta, pero se ha apoderado de mí un nuevo terror. Es posible que por culpa del servicio de correos no le llegue esta carta hasta mañana por la mañana. En tal caso, querido Lanyon, haga mi encargo en el transcurso del día, a la hora que más oportuna le parezca, y espere a mi mensajero a medianoche. Quizá sea ya demasiado tarde y, si durante toda esa noche no ocurre nada, sepa que ya no volverá a ver jamás a Henry Jekyll.»

Al leer esta carta, saqué la conclusión de que mi colega desvariaba; pero mientras esta suposición mía no quedase confirmada sin posibilidad alguna de duda, me creía obligado a obedecer sus requerimientos. Cuanto menos entendía yo toda aquella jerigonza, más incapacitado estaba para juzgar su importancia; y no era posible desatender un llamamiento concebido en tales términos sin contraer una grave responsabilidad. Me levanté, pues, de la mesa, cogí un coche de alquiler y marché derecho a casa de Jekyll.

El mayordomo me estaba esperando; había recibido por el mismo reparto que yo una carta dándole instrucciones y había enviado inmediatamente a buscar un herrero y un carpintero, que llegaron cuando estábamos hablando. Nos encaminamos en grupo al antiguo anfiteatro quirúrgico del doctor Denmann, del que se pasa con gran comodidad al despacho del doctor Jekyll. La puerta era muy sólida y la cerradura excelente; el carpintero advirtió que aquello le costaría mucho trabajo y que, si se quería forzar la puerta, habría que causar grandes destrozos; el herrero llegó casi a desesperar, pero como era muy hábil en su oficio, quedó abierta la puerta al cabo de dos horas de trabajo. El armario marcado como el E no estaba cerrado con llave. Saqué el cajón, hice que lo embalasen con paja y que lo envolviesen en una sábana, y regresé con el mismo a Cavendish Square.

Una vez allí, procedí a examinar su contenido. Los polvos eran bastante finos, pero no llegaban al grado de impalpabilidad que les habría dado un buen farmacéutico en ejercicio, lo cual quería decir que habían sido fabricados por el mismo Jekyll; al abrir uno de los paquetes, me encontré con lo que me pareció ser una sal simple, cristalina, de color blanco. El frasco, en el que me fijé a continuación, estaba lleno hasta la mitad de un líquido de color rojo sangre, de olor muy cáustico, en cuya composición parecían entrar el fósforo y algún éter volátil. De los demás ingredientes no me fue posible adivinar nada. El libro era un libro corriente de notas y apenas contenía algo más que una serie de fechas. Éstas abarcaban un periodo de muchos años, pero me fijé en que las anotaciones terminaban hacía un año y de manera brusca. Aquí y allá se veía una observación junto a una fecha; esa observación era por lo común de una sola palabra: «doble», pero apenas si llegaba a repetirse en seis de un total de varios centenares de fechas; una sola vez, hacia el principio de la lista de fechas y entre varios signos de admiración, se leía: «¡¡¡Fracaso total!!!».

Aunque todo eso aguijoneó mi curiosidad, me dijo muy poca cosa en concreto. Tenía allí un frasco de una tintura desconocida, un papel con cierta sal y el registro de una serie de experimentos, que, como tantas otras investigaciones de Jekyll, no habían conducido a ningún fin práctico. ¿Cómo era posible que la presencia de semejantes artículos en mi casa pudiese afectar al honor, la razón o la vida de mi frívolo colega? ¿Por qué, si su mensajero podía ir a un sitio, no podía acudir a otro? Pero, aun dando por supuesto algún impedimento, ¿por qué tenía yo que recibir a ese caballero en secreto? Cuanto más meditaba, más me convencía de que me hallaba ante un caso de desequilibrio cerebral. Envié a mis criados a acostarse, pero cargué un antiguo revólver, por si se presentaba la necesidad de adoptar alguna actitud de defensa.

Apenas habían resonado por todo Londres las campanadas de las doce de la noche, cuando llamaron con mucho tiento a la puerta de la calle. Acudí en persona a la llamada y me encontré con un hombrecito agazapado entre las columnas del pórtico.

—¿Viene de parte del doctor Jekyll? —pregunté.

Me contestó que sí con gesto de cortedad; y cuando le rogué que entrase, se volvió para dirigir una mirada escrutadora hacia las sombras de la plaza. No lejos de allí se veía a un policía que avanzaba en nuestra dirección con su linterna sorda abierta; creí observar que mi visitante, al ver aquello, sufrió un sobresalto y se apresuró a entrar.

Confieso que estos detalles me impresionaron de una manera desagradable y que, mientras iba tras él en dirección al cuarto de consultas, brillantemente iluminado, llevaba la mano sobre la culata de mi arma. En el consultorio tenía por lo menos la posibilidad de verlo con toda claridad. Estaba seguro de no haberlo visto hasta entonces. Ya he dicho que era pequeño; me sorprendió también la expresión desagradable de su cara, en la que se advertía una mezcla de gran actividad muscular y de gran debilidad constitucional; por último, aunque no en menor grado de importancia, la sensación de desasosiego que producía su proximidad. Esta sensación se parecía hasta cierto punto a un escalofrío que iba acompañada de una notable disminución del pulso. En aquel momento lo achaqué a un desagrado personal, a una particularidad física y me extrañó únicamente lo agudo de los síntomas; posteriormente he llegado al convencimiento de que la causa tenía raíces más profundas en la naturaleza humana y que se debía a motivos más nobles que los que rigen el aborrecimiento.

El individuo aquel (que de semejante manera, y desde el momento mismo de su entrada, despertó en mí la que llamare, porque no encuentro otras palabras, una curiosidad llena de repugnancia) vestía de manera que habría convertido a cualquier persona corriente en objeto de risa; aunque sus ropas eran de muy buena clase y de dibujos sobrios, resultaban desmesuradamente grandes para él en todo sentido. Los pantalones le caían como colgajos y la cintura de la chaqueta le quedaba por debajo de las caderas; el cuello le cubría los hombros. Lo curioso del caso es que tan cómica vestimenta estuvo muy lejos de moverme a risa. Como en la esencia misma del ente aquel que ahora me daba la cara había algo de anormal y de absurdo (algo que llamaba la atención, que sorprendía y que repugnaba), esta nueva anomalía me pareció que concordaba bien con tal anormalidad y la reforzaba; al interés que en mí despertaba la naturaleza y el carácter de aquel sujeto, se agregaba de ese modo mi curiosidad acerca de cuál serían su procedencia, su vida, su situación económica y su posición en el mundo.

Estas observaciones, que tanto espacio han exigido para exponerlas, fueron, sin embargo, hechas en cosa de pocos segundos. Hay que decir que mi visitante estaba como sobre ascuas, presa de una excitación sombría.

—¿Lo ha traído? —preguntó—. ¿Lo ha traído?

Su impaciencia era tan viva que hasta llegó a ponerme la mano en el brazo y pretendió zarandearme.

Yo lo aparté, porque advertí que su contacto había provocado una punzada gélida en mis venas, y le dije:

—Caballero, olvida que aún no hemos sido presentados. Tenga la amabilidad de tomar asiento.

Para que no se sintiera incómodo, me senté en mi silla de costumbre, simulando lo mejor que pude las maneras que adoptaba como norma general con mis enfermos, teniendo en cuenta lo tardío de la hora, la índole de mis preocupaciones y el horror que sentía por mi visitante.

—Le pido perdón, doctor Lanyon —me dijo entonces con bastante cortesía—. Es muy razonable lo que dice y mi impaciencia ha hecho que deje a un lado la buena educación. Vengo a petición de su colega, el doctor Henry Jekyll, para un asunto de alguna trascendencia; tenía entendido… —se detuvo, se llevó la mano al cuello y me di cuenta de que, a pesar de sus maneras reservadas, luchaba contra los primeros síntomas de un ataque histérico—… tenía entendido… a propósito de un cajón…

Me compadecí de la ansiedad expectante del individuo y quizá me dejé llevar también por mi curiosidad, cada vez más grande.

—Ahí lo tiene, señor —le dije, señalándole con el dedo el cajón, que se hallaba en el suelo detrás de una mesa, cubierto aún con la sábana.

Saltó hacia el mismo, pero luego se contuvo y se apretó el corazón con la mano, oí rechinar sus dientes por efecto del movimiento convulsivo de sus mandíbulas; su rostro era tan espantoso que sentí alarma por su vida y por su razón.

—Serénese —le dije.

Se volvió hacia mí y me sonrió con una mueca que daba escalofríos; después, como en un impulso de desesperación, atrancó la sábana. A la vista del contenido del cajón, dejó escapar un agudo sollozo, expresión de quien se quita un inmenso peso de encima; yo me quedé petrificado en mi asiento. Enseguida, con voz ya casi serena, me preguntó:

—¿Tiene un vaso graduado?

Me levanté con algún trabajo y le di lo que pedía.

Él me dio las gracias sonriendo y con una inclinación de cabeza, midió algunos mínimos de la tintura roja y le agregó uno de los polvos. La mezcla, que tomó al principio un color rojizo, adquirió un color más vivo conforme se disolvían los cristales, entró en perceptible efervescencia y empezó a despedir vapores humeantes. Cesó de pronto la efervescencia y la mezcla cambió a un color escarlata, que luego se fue difuminando hasta quedar convertido en un color verde suave. Mi visitante, que había seguido tales transformaciones con mirada de anhelo, sonrió, colocó el vaso encima de la mesa, se volvió y clavó en mí una mirada escudriñadora, diciéndome:

—Y ahora, vamos a lo que queda por hacer. ¿Será usted prudente? ¿Querrá dejarse guiar? ¿Se conformará con que tome este vaso en mi mano y salga de su casa sin hablar más? ¿O le domina sobre todo el ansia de satisfacer su curiosidad? Piense, antes de dar una contestación, que se hará lo que usted decida. Si decide lo primero, quedará igual que antes, ni más rico ni más sabio, a menos que el sentimiento de haber sido útil a un hombre que se hallaba en una angustia mortal pueda ser considerado como una especie de riqueza del alma. Por el contrario, si elige la otra alternativa, se abrirá ante sus ojos, aquí, en esta misma habitación, dentro de un instante, un nuevo campo del saber y nuevos caminos hacia la fama y el poder, y *sus ojos* quedarán deslumbrados por un prodigio capaz de hacer tambalearse hasta la incredulidad del mismo Satanás.

—Señor —le contesté, afectando una frialdad que me hallaba muy lejos de sentir—, habla en enigmas y acaso no se asombre si le digo que le escucho con escepticismo. Pero he llegado ya demasiado lejos en el camino de unos servicios inexplicables para detenerme antes de ver el final.

—Perfectamente entonces —replicó el visitante—. Lanyon, recuerde la promesa que ha hecho: lo que sigue queda bajo el sigilo de su profesión. Y ahora, usted, que durante tan largo tiempo ha vivido ligado a unas ideas estrechas y materialistas; usted, que ha negado la eficacia de la medicina trascendental; usted, que se ha mofado de quienes le son superiores..., ¡mire!

Se llevó el vaso a los labios y bebió el contenido de un solo sorbo. Lanzó un grito, se tambaleó, vaciló, se agarró a la mesa y se sostuvo de esa manera, mirando con ojos desorbitados e inyectados en sangre, jadeando con la boca muy abierta; y mientras yo le miraba, me pareció que tenía lugar un cambio..., que adquiría mayor volumen; de pronto su cara se ennegreció, sus rasgos daban la impresión de difuminarse y alterarse; un instante después me puse en pie movido por un resorte, di un salto hacia atrás hasta apoyar la espalda en la pared, levanté el brazo como para protegerme del prodigio y mi espíritu se hundió en el terror.

—¡Oh, Dios! —chillé—. ¡Oh, Dios! —repetí una y otra vez. Allí, ante mis ojos, pálido y embargado de emoción, medio desmayado, tanteando con las manos en el aire, como un hombre que acaba de resucitar..., ¡estaba Henry Jekyll!

—No puedo resolverme a poner por escrito lo que me contó durante la hora siguiente. Vi lo que vi, escuché lo que escuché y mi alma sintió náuseas; sin embargo, ahora que aquel espectáculo se ha desvanecido de mi vista, me pregunto a mí mismo si lo creo y no me siento capaz de contestar. Mi vida ha sido sacudida hasta sus raíces, ha huido de mí el sueño; a todas las horas del día y de la noche me invade un terror mortal; tengo la sensación de que mis días están contados y de que voy a morir; y con todo eso, moriré incrédulo. En cuanto a la podredumbre moral que aquel hombre descubrió ante mí, aunque lo hiciese con lágrimas de arrepentimiento, no puedo ni siquiera pensar en ello sin un sobresalto de horror. Una sola cosa diré, Utterson, que será más que suficiente —si es que es capaz de creerla—. El ente que la noche aquella se metió subrepticiamente en mi casa era, por propia confesión de Jekyll, un individuo conocido con el nombre de Hyde, al que buscan en todos los rincones del país como el asesino de Carew.

Hasde Lanyon.

X
Henry Jekyll hace un relato completo del caso

Nací en el año 18…, heredero de una cuantiosa fortuna, dotado además de cualidades excelentes, inclinado naturalmente a la actividad, deseoso de ganarme el respeto de las personas sabias y buenas. Puede por ello colegirse que tenía asegurado un porvenir honroso y distinguido. El mayor de mis defectos consistía en ese temperamento impaciente, alegre, que ha sido la felicidad de muchos, pero que a mí me resultó difícil de conciliar con mi anhelo imperioso de marchar siempre con la frente alta y de aparecer en público con semblante de una extraordinaria gravedad.

Esta manera de ser trajo como consecuencia que yo ocultase mis placeres; cuando llegué a los años de la reflexión y empecé a mirar en torno mío y a hacer balance de mis progresos y de mi situación en la sociedad, me había habituado ya a una profunda duplicidad en el vivir. Muchos hombres se habrían incluso jactado de la clase de desórdenes de que yo era culpable; pero, desde las alturas ideológicas en que yo me había encaramado, los miraba y los escondía con un sentimiento casi de vergüenza. Fue, pues, la índole exagerada de mis aspiraciones, más que el hecho de que mis faltas fuesen especialmente degradantes, lo que me hizo tal cual soy y lo que dividió con una trinchera más profunda aunque en la mayoría de los hombres las dos zonas del bien y del mal que dividen y confunden en una la naturaleza dualista del ser humano. Mi situación me llevó a meditar de una manera profunda y constante en esa dura ley de la vida que se encuentra en la raíz de toda religión y que constituye una de las más abundantes fuentes del dolor.

Aunque era tan arraigada mi costumbre de jugar a dos barajas, jamás fui hipócrita en ningún sentido; yo era sincero en los dos aspectos de mi vida; era tan yo mismo cuando daba de lado toda moderación y me revolcaba en el fango como cuando trabajaba a la luz del día por difundir los conocimientos o por aliviar el sufrimiento y los pesares. Y sucedió que mis estudios científicos mismos, que estaban encaminados hacia lo místico y lo trascendental, arrojaron una intensa luz sobre la conciencia que yo tenía de la guerra permanente que sostenían las dos partes de mi yo. De esta manera me fui acercando todos los días, y desde ambos extremos de mi inteligencia, a la verdad cuyo parcial descubrimiento me ha arrastrado a un naufragio tan espantoso: que el hombre no es realmente uno, sino dos. Y digo dos, porque al punto a que han llegado mis conocimientos no puede pasar de esa cifra. Otros me seguirán, otros vendrán que me dejarán atrás en ese mismo camino; y me arriesgo a barruntar que acabará por descubrirse que el hombre es una simple comunidad organizada de personalidades independientes, contradictorias y variadas. En cuanto a mí, debido a la naturaleza de mi vida, avanzaba infaliblemente en una dirección única y tan sólo en una. Estudiando el lado moral en mi propia persona, si en verdad se podía afirmar que yo era una y otra de las dos naturalezas que luchaban entre sí en el campo de mi conciencia, esto ocurría precisamente porque estaba identificado de un modo radical con las dos;

desde una época temprana, aun antes de que el curso de mis descubrimientos científicos empezase a dejarme entrever la clara posibilidad de semejante milagro, había aprendido a recrearme, como si soñara despierto, con el pensamiento de la separación de ambos elementos.

Y solía decirme: si fuese posible aposentar cada uno de esos elementos en entes separados, quedaría con ello la vida libre de cuanto la hace insoportable; lo pecaminoso podría seguir su propio camino, sin las trabas de las aspiraciones y de los remordimientos de su hermano gemelo más puro; y lo virtuoso podría caminar con paso firme y seguro por su sendero cuesta arriba, el del bien, en el que encuentra su placer, sin seguir expuesto a la vergüenza y al arrepentimiento a que lo obliga ese ente maligno extraño a él. Fue una maldición para el género humano que estas dos gavillas incongruentes fuesen atadas en una sola… , que estos gemelos que son dos polos opuestos tengan que luchar continuamente dentro del angustiado seno de la conciencia. ¿Cómo podrían ser disociados?

A este punto había llegado yo en mis reflexiones cuando, como he dicho, el problema empezó a iluminarse desde la mesa del laboratorio. Yo empecé a percibir mucho más profundamente de lo que hasta entonces se había afirmado la inmaterialidad temblorosa, la mutabilidad propia de la bruma, de este cuerpo en apariencia sólido de que estamos revestidos. Descubrí que existen agentes capaces de sacudir y tirar hacia atrás de esa vestidura; como hace el viento cuando impulsa los cortinones de un pabellón. No quiero profundizar en este aspecto científico de mi confesión por dos razones. En primer lugar, porque la experiencia me ha enseñado que el hombre lleva siempre sobre sus espaldas el castigo y la carga de la vida y que, cuando hace un esfuerzo para sacudírselos de encima, retornan sobre nosotros y nos hacen sentir su presión de una manera más extraordinaria y más espantosa. En segundo lugar, porque, como va a demostrarlo mi historia, los descubrimientos que yo había hecho eran incompletos. Baste, pues, decir que no solamente llegué a reconocer la existencia de mi cuerpo como algo distinto del simple aura y resplandor emitido por ciertos poderes de que está constituido mi espíritu, sino que conseguí fabricar una droga que arrancaba a esos poderes su supremacía y los suplantaba con una segunda forma y una segunda apariencia, que a mí me parecían tan naturales como la otra, a pesar de que eran la expresión y llevaban el sello de los elementos inferiores de mi alma.

Vacilé mucho antes de someter ésta teoría a la prueba de la experiencia. Sabía perfectamente que arriesgaba en ello mi vida porque un preparado que tenía una potencia tan poderosa que controlaba y quebrantaba la ciudadela misma de la personalidad era muy capaz de suprimir por completo el tabernáculo espiritual que yo intentaba cambiar. Si por casualidad me equivocaba sobrepasando la dosis en una mínima cantidad o incurriendo en la más leve inoportunidad en el momento de realizarse el fenómeno. La tentación de realizar un descubrimiento tan extraordinario y profundo acabó por sobreponerse a las advertencias de mis alarmas. Hacía tiempo que tenía preparada mi tintura; compré a una firma de comerciantes mayoristas de productos químicos una cantidad importante de determinada sal que yo sabía, por experimentos realizados, que constituía el último ingrediente necesario; cierta noche maldita, a hora ya muy avanzada, preparé los elementos, vigilé mientras hervían y humeaban en el vaso y cuando pasó la ebullición, en un arranque de valentía, me bebí aquel preparado.

Sentí al momento los dolores más angustiosos: un desmenuzarse mis huesos, unas náuseas mortales, un horror espiritual que no es posible que se vea sobrepasado ni en la hora del nacimiento ni en la hora de la muerte. Estas angustias fueron disminuyendo rápidamente y volví en mí como si saliese de una grave enfermedad. Había en mis sensaciones algo raro, algo indeciblemente nuevo y que, por su misma novedad, resultaba de un agrado increíble. Me sentí más joven, más ligero, más feliz físicamente; interiormente experimentaba una embriagadora despreocupación, sentía correr por mi fantasía un impetuoso caudal de imágenes sensuales con la rapidez de un torbellino, me veía libre de todas las normas morales, con una libertad de espíritu desconocida, pero no inocente. Desde la primera respiración de esta nueva vida mía comprendí que yo era peor, diez veces peor; un esclavo vendido a mi pecado original, y ese pensamiento me reanimó y me deleitó como un vino. Extendí los brazos, exultante con la novedad de tales sensaciones, y en ese instante me di cuenta de que mi estatura era menor.

En aquel entonces yo no tenía en mi despacho ningún espejo; este que ahora hay a mi lado mientras escribo fue traído posteriormente y ex profeso para poder observar esta clase de transformaciones. Entre tanto, la noche había ido avanzando hasta convertirse en madrugada, una madrugada oscura todavía, pero casi a punto de dar a luz el día; los moradores de mi casa se hallaban sumidos en el más profundo sueño; en el arrebato de mis esperanzas y de mi triunfo resolví aventurarme en mi nueva forma hasta mi propio dormitorio. Crucé el patio; al sentir que las estrellas del cielo me miraban, pude considerarme con asombro y maravilla como el primer individuo de una clase nueva que la incansable vigilancia de aquellas había descubierto hasta entonces; me escabullí por los pasillos como un extraño en mi propia casa; entré en mi habitación y pude ver por vez primera la figura de Edward Hyde.

Al llegar a este punto debo limitarme a hablar en hipótesis únicamente, diciendo no lo que sé, sino lo que me imagino como más probable. El lado malo de mi ser, al que yo había transferido la facultad de moverse, era menos robusto y menos desarrollado que el bueno al que yo se la había quitado. En el transcurso de mi vida, que había sido en sus nueve décimas partes una vida de esfuerzo, de virtud y de dominio de mí mismo, esa parte mala había sido menos ejercitada y mucho menos fatigada. Creo que esa es la explicación de que Edward Hyde fuese mucho más pequeño, más ágil y más joven que Henry Jekyll. Y de la misma manera que en la cara del uno resplandecía la bondad, en la del otro estaba escrita con caracteres destacados y claros la maldad. Además, la maldad —que debo creer que constituye en el hombre la parte que es causa de su muerte— había impreso en aquel cuerpo un sello de ser deforme y decadente. Sin embargo, al contemplar en el espejo a aquel feo ídolo, no observé en mí ninguna sensación de repugnancia, sino más bien un alborozo de bienvenida. Yo era también aquel. Tal sensación era natural y humana. A mis ojos aquel ser era una imagen más viva del espíritu, un ser hecho mas expresamente, con más completa individualidad que aquella otra figura imperfecta y contradictoria que hasta entonces había llamado mi yo. Hasta ahí no dejaba de tener razón. He podido observar que, cuando me presentaba en la figura de Edward Hyde, todos los que se me acercaban por vez primera sentían una visible turbación. Y esto, en mi opinión, porque todos los seres humanos con quienes convivimos son una mezcla de bondad y de maldad y sólo Edward Hyde, entre todos los hombres, era maldad pura.

Estuve únicamente unos segundos ante el espejo, porque el experimento segundo, el definitivo, se hallaba todavía por hacer; era preciso comprobar si yo había perdido mi personalidad sin remedio y si me vería obligado a huir antes de que amaneciese de una casa que ya no era la mía. Regresé corriendo a mi despacho, preparé y bebí otra vez la copa, sufrí una vez más las agonías de la disolución y volví de nuevo en mí con la personalidad, la estatura y el rostro de Henry Jekyll.

Había llegado aquella noche a la encrucijada fatal. Si hubiese acometido aquel descubrimiento con espíritu más noble, si hubiese corrido los riesgos del experimento mientras estaba bajo el imperio de aspiraciones generosas o piadosas, las cosas habrían pasado de distinta manera y yo habría salido de aquellas angustias de la muerte y del nacimiento convertido en un ángel en lugar de un demonio. La droga no hacía distinciones; no era ni diabólica ni divina; no hacía sino derribar las puertas de la casa-cárcel de mi constitución y entonces, al igual que los cautivos de Philippi, salía al exterior lo que había dentro. En aquel tiempo, mis virtudes dormían; mi lado malo, aguijoneado por la ambición, se hallaba alerta y ágil para aprovechar la oportunidad; y lo que fue proyectado al exterior resultó ser Edward Hyde. De modo que, aunque yo sabía que dentro de mí existían dos personalidades y dos figuras, una era totalmente malvada y la otra seguía siendo el antiguo Henry Jekyll, la mezcla absurda de cuya reforma y mejora había aprendido ya a despertar. El paso que había dado era, por tanto, completamente hacia mi empeoramiento.

Ni aun entonces había yo logrado dominar mi aversión a la sequedad de una vida de estudio. Todavía, en ocasiones, me sentía con ánimo alegre y, como mis placeres eran (hablando sin rigor) indignos, a pesar de que yo era hombre conocido y altamente apreciado, y a pesar también de que me acercaba a la vejez, aquella incoherencia de mi vida se iba haciendo cada vez más desagradable. Fue por este lado por el que mi recién ganada posibilidad me tentó hasta hacerme caer en la esclavitud. Me bastaba con beber la copa para despojarme instantáneamente del cuerpo del conocido profesor y para revestirme, como si fuera una tupida capa, con el de Edward Hyde. Este pensamiento trajo a mis labios una sonrisa; en aquel entonces le encontré un aspecto humorístico y llevé a cabo mis preparativos con el cuidado más meticuloso.

Alquilé y amueblé la casa del Soho, hasta la cual la policía siguió el rastro de Hyde. Tomé de ama de llaves a una mujer de la que yo sabía que no se iba de la lengua y que carecía de escrúpulos. Por otra parte, hice saber a mi servidumbre que cierto Mr. Hyde (a quien les describí) gozaría de plena libertad y autoridad para andar por mi casa; y para evitar cualquier equivocación, me presenté en la casa para que se familiarizasen todos con mi segunda personalidad. Acto seguido, redacté el testamento al que usted encontró unos inconvenientes; me proponía, en caso de ocurrirme alguna desgracia en la personalidad de Henry Jekyll, poder adoptar la de Edward Hyde sin sufrir ningún perjuicio pecuniario. Asegurado ya (al menos así lo creía yo) por todos los lados, empecé a aprovecharme de las extrañas inmunidades de mi posición.

Antes de ahora ha habido hombres que han alquilado a matones de oficio para realizar sus crímenes, quedando a resguardo sus propias personas y su reputación. Fui yo el primer hombre que echó mano de ese recurso para gozar de sus placeres. Fui el primero que dispuso de la facultad de presentarse en público con un aspecto de amable respetabilidad y que, un instante después, podía despojarse de esos atavíos postizos y zambullirse en el mar de la libertad. Envuelto en aquel manto impenetrable, gozaba de una completa seguridad. ¡Figúrese! ¡Ni siquiera existía! Con que dispusiese del tiempo justo para huir hasta la puerta de mi laboratorio y de un par de segundos para hacer la mezcla y beberme el preparado que siempre tenía a punto, cualquier cosa que Edward Hyde hubiese hecho desaparecía como la mancha que deja el aliento sobre un cristal; y aparecía en su lugar, tranquilo y en su casa, reavivando la lámpara de su estudio, Henry Jekyll, un hombre que podía reírse de toda sospecha.

Ya he dicho que los placeres que me apresuré a buscar bajo mi disfraz eran de un género indigno; no tengo por qué emplear un calificativo más duro. Pero, en manos de Edward Hyde, esos placeres empezaron muy pronto a torcerse hacia el género monstruoso. Muchas veces, de vuelta de mis expediciones, quedaba yo sumido en una especie de asombro, pensando en la depravación de mi segunda personalidad. Aquel ser interior que yo había sacado al exterior desde mi propia alma, dejándolo en libertad para que se buscase sus placeres, era un ser malvado por naturaleza y ruin; era en sus actos y pensamientos el egoísmo personificado; bebía el placer con avidez bestial en cualquier clase de tortura que podía inferir a otro, era implacable como un hombre sin corazón. Henry Jekyll se quedaba en ocasiones mudo de asombro ante los actos de Edward Hyde; pero aquella situación escapaba a las normas corrientes y relajó insidiosamente la presión de la conciencia. A fin de cuentas, era Hyde y nadie más que Hyde el culpable. Jekyll era el mismo de antes: volvía a su antigua personalidad sin que sus virtudes hubiesen sufrido menoscabo; y hasta, siempre que le era posible, se apresuraba a deshacer el daño infligido por Hyde. De ese modo su conciencia seguía dormida.

No tengo el propósito de entrar en los detalles de la infamia de que me hice cómplice de esta manera (aun ahora mismo no me reconozco autor de la misma). Quiero únicamente destacar las advertencias y las etapas sucesivas del castigo mío que se iba acercando. Tuve un percance del que me limitaré a hacer mención porque no tuvo mayores consecuencias. Un acto de crueldad que cometí con una niña despertó contra mí la ira de cierto transeúnte, al que el otro día reconocí en la persona de su pariente; un médico y la familia de la niña formaron causa común con él, hubo momentos en que llegué a temer por mi vida; por último, y para acallar su justo resentimiento, Edward Hyde tuvo que llevarlos a la puerta y pagarles con un cheque firmado por Henry Jekyll. Pero de allí en adelante eliminé con facilidad ese peligro abriendo una cuenta en otro banco a nombre de Edward Hyde; y después de proveer a mi doble con una firma, dando a las letras una inclinación hacia atrás, pensé poder mirar tranquilamente el porvenir.

Un par de meses antes del asesinato de sir Danvers, había salido yo a una de mis aventuras, de la que regresé muy tarde; al día siguiente me desperté en mi cama, presa de sensaciones algo raras. Miré inútilmente a mi alrededor, fue también inútil que viese el mobiliario lujoso y las grandes proporciones de mi dormitorio de la casa de la plaza; fue inútil que reconociese el dibujo de las cortinas de la cama y del armazón de caoba; algo seguía diciéndome insistentemente que yo no estaba donde estaba, que no me había despertado donde creía estar, sino en mi pequeña habitación del Soho, en la que solía dormir con el cuerpo de Edward Hyde. Sonreí para mis adentros y, siguiendo mis normas psicológicas, me puse a analizar perezosamente los factores de aquella ilusión; y de cuando en cuando, mientras analizaba, volvía a caer en una grata modorra matinal. En un instante de mayor claridad mental me fijé en mis manos. Las de Henry Jekyll, como usted pudo observar con frecuencia, eran por su tamaño y por su conformación propias de un hombre de su profesión: amplias, firmes, blancas y distinguidas. Pero las que veía yo ahora con bastante claridad a la luz amarillenta de una media mañana londinense, medio cerradas y descansando en las ropas de la cama, eran delgadas, sarmentosas, nudosas, de una fea palidez y espesamente sombreadas por un tupido vello negro. Eran las manos de Edward Hyde.

Debí quedarme mirándolas fijamente medio minuto, porque estaba hundido en la estupefacción de mi asombro; pero, de pronto, estalló dentro de mí el terror con sobresalto estrepitoso de platillos de orquesta; salté de la cama y corrí al espejo. Ante la imagen que vieron mis ojos, se me heló la sangre en las venas. Sí, me había acostado en mi personalidad de Henry Jekyll y me despertaba como Edward Hyde. ¿Cómo se explicaba aquello? Esa fue la pregunta que me hice primeramente; pero luego, con otro sobresalto de terror, me pregunté: ¿y cómo remediarlo?

La mañana estaba bastante avanzada; la servidumbre andaba por la casa; mi preparado estaba en el despacho-laboratorio; era un trayecto largo, había que bajar dos tramos de escaleras por la puerta de atrás, cruzar después el patio y el anfiteatro de anatomía. Yo estaba paralizado de espanto. Quizá fuese posible cubrirme la cara, pero ¿de qué serviría esto si me era imposible disimular la disminución de mi estatura? Entonces recordé, con un sentimiento abrumador de alivio, que la servidumbre estaba acostumbrada a ver ir y venir a mi segundo yo. No tardé en vestirme, como pude, con las prendas de mi propia estatura; recorrí la casa, tropezando con Bradshaw, que abrió ojos de asombro y se echó atrás al ver a Mr. Hyde a semejantes horas y con tal indumentaria; diez minutos después, el doctor Jekyll había recobrado su propia estatura y conformación y simulaba desayunar, meditabundo y ceñudo.

Mi apetito era escaso, desde luego. Aquel percance inexplicable, aquel invertirse de mis anteriores experimentos me daban la impresión de la mano babilónica que dibujaba en la pared las palabras de mi propia condenación; empecé a reflexionar con más seriedad que hasta entonces, sobre las perspectivas y posibilidades de mi doble existencia. Aquella parte de mi ser que yo podía proyectar al exterior había recibido en los últimos tiempos mucha alimentación y una gran cantidad de ejercicio; experimentaba yo la sensación de que el cuerpo de Edward Hyde había aumentado de estatura últimamente, como si, cuando yo adoptaba su forma, corriese por mis venas un caudal mayor de sangre. Empecé a entrever el peligro de que, si aquello se prolongaba mucho, pudiera alterarse de un modo permanente el equilibrio de mi naturaleza, perderse la facultad de transformación bajo la personalidad de Edward Hyde. La droga aquella no había mostrado siempre la misma fuerza. En cierta ocasión, en los comienzos mismos de mi carrera, me había fallado por completo, desde aquel percance me vi obligado en más de una ocasión a doblar y hasta triplicar la dosis. Con enorme peligro de muerte, aquellas raras incertidumbres habían constituido hasta entonces la única sombra de mi felicidad. Ahora, sin embargo, mirando las cosas a la luz del percance de aquella mañana, me di cuenta de que, si la dificultad en los comienzos había consistido en hacer desaparecer el cuerpo de Jekyll, ahora se iba transfiriendo esa dificultad al lado contrario. Todo me llevaba, pues, a esta conclusión: que iba perdiendo el control de mi yo original, del mejor, incorporándome poco a poco a mi segunda personalidad, a la peor.

Comprendí que había llegado el momento de que eligiese entre ambas. Mis dos personalidades tenían en común la memoria, pero las demás facultades se hallaban repartidas en una y otra de modo muy desigual. Jekyll (que era una personalidad compuesta) proyectaba y participaba en los placeres y aventuras de Hyde, unas veces con vivos recelos y otras con anhelo glotón; pero a Hyde le era indiferente Jekyll, o si se acordaba de él era como el bandido de la montaña que recuerda la cueva en que se esconde cuando lo persiguen. Jekyll sentía un interés que tenía algo de paternal; la indiferencia de Hyde se parecía más a la de un hijo. Decidirme por seguir siendo Jekyll era como morir para aquellos placeres a los que llevaba ya mucho tiempo entregándome en secreto y que últimamente había empezado a mimar. Decidirme por Hyde era morir para un sinfín de intereses y aspiraciones y quedarme, de golpe y para siempre, sin amigos y despreciado. La transacción no parecía equilibrada; pero aún había otra cosa que sopesar en la balanza: Jekyll sufriría mucho en el infierno de la abstinencia, pero Hyde no se daría cuenta siquiera de lo que había perdido.

Por extrañas que fuesen las circunstancias en que se me planteaba el problema, sus términos eran tan antiguos y tan vulgares como el hombre. Esas mismas consideraciones y alarmas son las que cuentan cuando el pecador, tembloroso, se ve acometido por la tentación; me ocurrió lo mismo que suele sucederles a la mayoría de los seres humanos: elegí el bien, pero me faltaron fuerzas para llevar adelante mi elección.

Sí, me decidí por el anciano y descontento doctor, rodeado de amigos y acariciando honradas esperanzas, dije un terminante adiós a la libertad, a la juventud relativa, a la agilidad de miembros, al pulso firme y a los placeres secretos de que venía disfrutando bajo el disfraz de Hyde. Quizá al hacer esta elección tuve algunas reservas mentales, porque ni dejé la casa del Soho ni destruí las ropas de Hyde, que aún siguen en buen estado en mi despacho. Sin embargo, permanecí por espacio de dos meses fiel a mi determinación; llevé por espacio de dos meses una vida más austera que nunca y gocé de las compensaciones que ofrece la conciencia satisfecha. Pero el tiempo empezó a borrar la viveza de mis alarmas; los elogios de mi conciencia empezaron a convertirse en cosa de rutina; empecé a sentirme torturado por angustias y por anhelos, como si Hyde estuviese luchando por su libertad; finalmente, en una hora de debilidad moral, volví a preparar y a beber la droga transformadora.

Yo me imagino que, cuando un borracho habitual discurre consigo mismo acerca de su vicio, ni siquiera una vez de quinientas se impresiona por los peligros que le hace correr su brutal insensibilidad física; tampoco yo, a pesar de todo lo que medité en mi situación, tuve en cuenta la completa insensibilidad moral y la inclinación insensata a la maldad que eran las características más destacadas de Hyde. Y fue por esas cualidades por donde vino mi castigo. Mi demonio llevaba largo tiempo enjaulado y salió rugiendo. En el momento mismo de tomar la pócima tuve la sensación de que su propensión al mal era ahora más indómita, más furiosa. Me imagino que hay que atribuir a esa disposición de ánimo la tempestuosa impaciencia con que presté oídos a las frases corteses de mi desdichada víctima; declaro al menos ante Dios que ningún hombre moralmente sano sería capaz de hacerse culpable de aquel crimen alegando tan lamentable provocación; y declaro también que golpeé a mi víctima con la misma obcecación con que un niño enfermo rompería un juguete. Yo me había despojado voluntariamente de todos los instintos equilibradores que hasta en el hombre peor hacen que éste pueda caminar entre las tentaciones con cierto grado de firmeza; en mi caso, la tentación, por leve que fuese, equivalía a una caída.

El espíritu del infierno se despertó en mí instantáneamente y se enfureció. En un verdadero arrebato de júbilo, golpeé al hombre aquel, que no se resistía, saboreando un deleite en cada bastonazo. Sólo cuando empecé a sentir cansancio, en el momento cumbre de mi acceso de delirio, sentí súbitamente traspasado mi corazón por un escalofrío de terror. Fue como si se disipase una niebla, vi que mi vida estaba perdida y huí volando del escenario de aquellos excesos, tembloroso y triunfante, con mi afición al mal satisfecha y estimulada y con mi amor a la vida vibrando como cuerda tensa. Corrí a mi casa del Soho y, para duplicar mi seguridad, quemé mis documentos; salí de allí y caminé por las calles alumbradas con los faroles de gas; sentía mi alma dividida por un doble éxtasis: saboreaba mi crimen, planeando despreocupado otros para el futuro, pero apresurando cada vez más el paso y al acecho siempre de los del vengador. Cuando Hyde preparó la droga aquella noche, lo hizo tarareando una canción y, al beberla, brindó por el muerto. Aún no habían acabado de desgarrarlo las angustias de la transformación y ya Henry Jekyll caía de rodillas y alzaba las manos juntas al cielo, entre raudales de lágrimas de gratitud y de arrepentimiento.

Se rasgó de la cabeza a los pies el velo del egoísmo complaciente y vi mi vida como un todo. Empecé desde los días de mi niñez, cuando caminaba de la mano de mi padre, y seguí por los abnegados esfuerzos de mi vida profesional, para llegar, una y otra vez, con la misma sensación de cosa irreal, a los horrores malditos de aquella noche. Sentía impulsos de chillar; me esforcé por apagar con lágrimas y plegarias la multitud de imágenes y sonidos horribles que se acumulaban en mi memoria, acusándome; pero, a pesar de todo, entre súplica y súplica, surgía en mi alma, mirándome con ojos de asombro, la hedionda faz de mi iniquidad. A medida que empezó a apagarse la viveza de aquel remordimiento, me sentí inundado por un sentimiento de alegría. Quedaba solucionado el problema de mi conducta. Era imposible ya la existencia de Hyde; lo quisiera yo o no, quedaba forzosamente confinado en la mejor parte de mi personalidad. ¡Qué alegría me produjo pensar en ello! ¡Con qué voluntaria humildad me abracé de nuevo a las limitaciones de mi vida normal! ¡Con qué sincero sentimiento de renunciación cerré con llave la puerta por la que tantas veces había entrado y salido y pisoteé su llave hasta romperla!

Me llegaron al día siguiente las noticias de que había habido un testigo del crimen, que todo el mundo conocía la culpabilidad de Hyde y que la víctima era un caballero que gozaba de gran estimación pública. No se trataba simplemente de un crimen, sino de una trágica locura. Creo que me alegré de aquello; creo que me alegré de que la parte mejor de mí mismo se encontrase reforzada y defendida por el terror a la horca. Jekyll era ahora mi ciudad de refugio; que Hyde se mostrase un solo instante y todos se abalanzarían sobre él para apresarlo y para matarlo.

Decidí redimir con mi conducta futura mi pasado y puedo decir honradamente que mi resolución ha dado algunos frutos. Usted ha sido testigo del anhelo con que en los últimos meses del año pasado trabajé por aliviar sufrimientos; usted es testigo de que hice mucho por los demás y que los días transcurrieron tranquilos y casi felices para mí. Tampoco puedo decir con verdad que me hastié de aquella vida inocente y benéfica; por el contrario, creo que cada día disfrutaba más de ella; pero seguía pesando sobre mí la maldición de mi dualidad de tendencias; y cuando se embotó el primer filo de mi arrepentimiento, mi yo peor, al que durante tanto tiempo había mimado y que llevaba tan poco tiempo en cadenas, empezó a gruñir pidiendo libertad. No es que yo soñase con resucitar a Hyde; esta simple idea habría sido suficiente para sobresaltarme hasta la locura; no, mi tentación de ahora tendía a reblandecer la conciencia en mi propia persona; y si acabé cayendo ante los ataques de la tentación, fue como un pecador corriente que peca en secreto.

Pero todas las cosas tienen un límite; el recipiente mayor acaba por llenarse y aquella pequeña concesión que hice a mi parte mala arruinó por último el equilibrio de mi alma. Sin embargo, yo no estaba alarmado; aquella caída me parecía natural, era como una vuelta a los días antiguos, cuando no había hecho aún mi descubrimiento.

Fue en un día despejado y hermoso del mes de enero, húmedo el suelo, donde la escarcha se había deshecho pero sin una nube en el cielo, el Regent's Park estaba lleno de gorjeos de invierno y embalsamado de aromas primaverales. Me senté al sol en un banco; la parte animal de mí mismo lamía trozos sangrantes del recuerdo; la parte espiritual se hallaba un poco amodorrada, prometiendo hacer penitencia, pero sin resolverse aún a empezarla. Después de todo, pensaba yo, me parezco a los que me rodean; y entonces sonreí, comparándome con los demás hombres, comparando mi bondad activa con la crueldad indolente de su despreocupación. En el instante mismo en que cruzaba por mi cerebro aquel pensamiento de vanagloria, experimenté una sacudida en todo mi cuerpo, unas náuseas horrendas y mortales escalofríos. Pasó aquello y quedé presa de gran debilidad; cuando empezó a pasar ésta, fui tomando conciencia de un cambio en el tono de mis pensamientos, de una audacia mayor, de un desprecio del peligro y de que se deshacían en mí los lazos de toda moral. Bajé la vista para mirarme los pies y vi que las ropas colgaban llenas de pliegues y sin forma en mis miembros encogidos; las manos que se apoyaban en mis rodillas eran sarmentosas y velludas. Había vuelto a ser Edward Hyde. Un momento antes era yo un hombre que podía contar con el respeto de todos, un hombre rico, apreciado..., al que esperaba la mesa puesta en el comedor; ahora no era ya sino la presa perseguida por todo el género humano, un hombre sin cobijo, un asesino conocido, carne de horca.

Mi cerebro vaciló, pero no me abandonó por completo. Más de una vez he observado que, cuando vivo en mi segunda personalidad, parece como si mis facultades estuviesen más aguzadas y mi ánimo más tenso y elástico, así ocurrió en esta situación. Quizá Jekyll habría sucumbido, pero Hyde supo estar a la altura de las circunstancias. Mi droga estaba en uno de los armarios de mi despacho, ¿cómo iba yo a hacerme con ella? Ése era el problema, cuya solución acometí, oprimiéndome las sienes con ambas manos. Si yo intentaba entrar en mi casa, mis criados mismos me enviarían a la horca. Comprendí que tenía que servirme de otra persona y pensé en Lanyon. ¿Cómo iba a ponerme en comunicación con él? ¿Cómo lo convencería? Suponiendo que me librase de que me capturasen en las calles, ¿cómo llegar hasta él? ¿Y cómo era posible que yo, un visitante desconocido y antipático, consiguiese que el famoso médico saquease el laboratorio de su colega el doctor Jekyll? Recordé entonces que aún me quedaba un detalle de mi personalidad primitiva: podía escribir con mi propia letra. En cuanto surgió en mi cerebro aquella chispa reconfortadora, se iluminó desde el principio hasta el fin la ruta que debía seguir.

Puse manos a la obra; me arreglé la ropa lo mejor que pude, llamé a un coche que pasaba, me hice conducir a un hotel de Portland Street, de cuyo nombre me acordaba casualmente. El cochero no pudo ocultar su regocijo al ver mi aspecto (que era realmente cómico, aunque cubriese una tragedia). Yo le dirigí una mirada de furia diabólica, haciendo rechinar al mismo tiempo los dientes; se esfumó la risa de su cara… afortunadamente para él…, pero más afortunadamente para mí, porque si sigue riéndose un momento más lo habría arrancado del pescante. Al entrar en el hotel dirigí en torno mío una mirada tan amenazadora que el personal de servicio tembló; mientras estuve allí, no se atrevieron ni siquiera a mirarse unos a otros y todos acudieron obsequiosos para ver qué deseaba; me condujeron a una habitación y me llevaron útiles de escribir.

Hyde, en un momento en que su vida estaba en peligro, resultaba una novedad para mí, arrebatado de una furia descompuesta, aguijoneado hasta el borde del asesinato, anhelando hacer sufrir a alguien. Pero era un personaje astuto; dominó con un gran esfuerzo de su voluntad la furia que sentía; escribió con serenidad las dos cartas importantes que tenía que escribir, una a Lanyon y otra a Poole, y para tener la seguridad de que las echaban al correo ordenó que las certificasen.

Desde ese momento permaneció sentado junto al fuego, mordiéndose las uñas; cenó allí mismo, a solas con sus temores, haciendo temblar al camarero cuando clavaba en él su mirada; desde allí, cuando se hizo de noche, salió y se acomodó en un rincón de un coche cerrado y se hizo conducir por las calles de la ciudad sin rumbo fijo. Estoy hablando de él como de un hombre, pero aquel engendro del infierno no tenía nada de humano; dentro de él sólo había lugar para el temor y el odio. Por último, cuando le pareció que el cochero había empezado a sentir recelos, le pagó y se aventuró a pie, embutido en sus mal ajustadas ropas, blanco de todas las miradas entre los transeúntes nocturnos. El odio y el temor bramaban en su interior como una tempestad. Caminó con paso rápido, asaltado por sus temores, cuchicheando consigo mismo, escabulléndose por las calles menos concurridas, contando los minutos que aún le separaban de la medianoche. Una mujer le habló; creo que le ofrecía una caja de fósforos. Él le dio una bofetada y ella huyó.

Cuando volví a mi personalidad en casa de Lanyon, quizá me dejé afectar por el horror que manifestó mi viejo amigo; no lo sé; en todo caso, fue una gota en el mar del aborrecimiento con que yo volvía mi vista hacia aquellas horas. Había tenido lugar en mí un cambio. No era ya el miedo a la horca, sino el horror de ser Hyde el que me destrozaba. Oí medio en sueños la condenación de Lanyon y también medio en sueños regresé a casa y me acosté. Después de las emociones agotadoras del día, dormí con un sueño pesado y profundo, que ni siquiera las pesadillas consiguieron turbar. Desperté por la mañana quebrantado, débil, pero sereno. Seguía aborreciendo a Hyde y pensando con temor en el bruto que dormía dentro de mí y, como es de suponer, no había olvidado los peligros espantosos del día anterior; pero me veía una vez más en mi hogar, dentro de mi casa y cerca de mi droga; la gratitud de que me sentía poseído por haber escapado del peligro era tan viva en mí, que casi rivalizaba con la luminosidad de mi esperanza.

Cruzaba yo sin prisas el patio después de desayunar, aspirando con delicia el frescor del aire, cuando se apoderaron otra vez de mí las indescriptibles sensaciones que anunciaban el cambio; tuve el tiempo justo para ganar el refugio de mi despacho, antes de verme ya arrebatado y endurecido por las pasiones de Hyde. Necesité en esta ocasión una doble dosis para recobrar mi personalidad; pero, ¡ay!, seis horas después, cuando estaba sentado mirando tristemente el fuego, volvieron los dolores y tuve que tomar otra vez la droga. En otras palabras, desde aquel día y hasta ahora sólo he logrado conservar mi aspecto de Jekyll realizando un esfuerzo parecido al de un gimnasta y bajo el estímulo inmediato de la droga. El escalofrío preliminar me acometía en cualquier momento del día y de la noche; sobre todo, en cuanto me dormía, o simplemente me quedaba amodorrado en mi silla, era para despertarme convertido en Hyde.

Bajo la tensión de esta amenaza pendiente en todo momento sobre mí, y por el estado de vigilia a que estoy condenado, hasta más allá del límite que siempre pensé que nadie podría traspasar, he llegado a convertirme en un ser comido y vaciado por la fiebre, poseído de una debilidad lánguida de alma y cuerpo y dominado únicamente por un pensamiento: el horror de mí mismo. Pero cuando me dormía, o cuando se pasaba la eficacia de la medicina, saltaba casi sin transición alguna (porque las angustias de la transformación se iban haciendo cada día más débiles) a un estado delirante en el que hormigueaban las imágenes terroríficas. Mi alma hervía con rencores inmotivados y mi cuerpo no parecía lo suficientemente fuerte para contener dentro de él las furiosas energías de la vida.

Con la enfermedad de Jekyll, parecía haber cobrado nuevo poder Hyde. Desde luego, el odio que ahora los separaba era igual por ambas partes. En Jekyll era obra del instinto vital. Había llegado a ver en toda su magnitud la deformidad de aquel ser con el que había compartido algunos de los fenómenos de la conciencia y con el que compartiría la muerte; fuera de estos lazos en común, que venían a ser la parte más aguda de su dolor, pensaba con toda su energía vital en Hyde como en un ente no sólo diabólico, sino inorgánico. Eso era lo más desagradable: que el cieno del pozo parecía lanzar gritos y voces; que el polvo amorfo gesticulaba y pecaba; que lo que era materia muerta, sin forma, usurpase las funciones de la vida. Y aún más: que aquel ser horrible y rebelde estaba unido a él más estrechamente que una esposa, más íntimamente que sus ojos, porque estaba enjaulado en su propia carne, dentro de la cual le oía farfullar y esforzarse por nacer; y que se sobreponía a él, aprovechando cualquier momento de debilidad suya o el abandono del sueño, para destronarlo de la vida.

El odio que Hyde sentía contra Jekyll era distinto. Su terror de ir a parar a la horca lo arrastraba constantemente a cometer un suicidio temporal, volviendo a ocupar su lugar subalterno como parte de un todo, en vez de ser una persona completa; pero aborrecía esa necesidad en que se encontraba;

le repugnaba aquel abatimiento en que Jekyll había caído y le dolía la repugnancia con que era mirado. De ahí las artimañas propias de un mono que gastaba conmigo, garabateando blasfemias con mi propia mano en las páginas de mis libros, quemando las cartas y destruyendo el retrato de mi padre; de no haber sido por su miedo a morir, hace ya mucho tiempo que habría acabado conmigo para envolverme también en su ruina. Pero tiene un asombroso amor a la vida; es más yo, que me mareo y me quedo rígido sólo con pensar en él, siento que lo compadezco de corazón cuando reflexiono en lo abyecto y apasionado de su apego a la vida y cuando me doy cuenta del miedo que le inspira el poder que yo tengo de cortársela con el suicidio.

Es inútil que prolongue esta descripción y además el tiempo me falta; baste decir que nadie ha sufrido jamás tormentos como los míos, pero el hábito ha traído, si no un alivio, por lo menos cierta callosidad del alma y cierta conformidad en la desesperación, mi castigo se habría quizá prolongado durante años de no haber sido por la última de las calamidades que ha caído sobre mí y que me ha separado de un modo definitivo de mi propio rostro y de mi propia naturaleza.

Mi provisión de las sales que empleo, y que no había repuesto desde mi primer experimento, empezó a escasear. Envié en busca de otra cantidad y la mezclé con la pócima: se produjo la ebullición y el primer cambio de color, pero no el segundo; lo bebí, pero no tuvo efecto alguno. Ya le contará Poole cómo he hecho registrar todo Londres inútilmente. He acabado por convencerme de que la primera que compré era impura y que fue precisamente esa impureza la que daba eficacia a la pócima.

Ha transcurrido casi una semana y estoy dando fin a esta confesión bajo la influencia de la última dosis de la sal primera. A menos, pues, de que se dé un milagro, esta será la última vez que Henry Jekyll podrá pensar con sus propias ideas y ver en el espejo su propio rostro (¡qué cambiado!). No puedo tampoco demorar demasiado el dar fin a este escrito; si mi relato ha escapado hasta ahora a la destrucción, se debe tanto a mi prudencia como a la buena suerte. Si las angustias del cambio de personalidad me acometiesen en el instante en que estoy escribiéndolo, con seguridad que Hyde lo rompería en pedazos; pero si le he dado ya fin y puesto fuera de su alcance cuando aquello ocurra, su asombroso egoísmo y estrechez de miras podrían salvarlo probablemente, una vez más, de su malevolencia de cuadrúmano. A decir verdad, la desgracia fatal que se cierne sobre nosotros dos lo ha cambiado ya y lo tiene abrumado. Sé que de aquí a media hora, cuando me reintegre de nuevo y para siempre a esa odiada personalidad, me veré sentado en este sillón, tembloroso y llorando; o reanudaré, con toda la vida concentrada en un éxtasis auditivo, con un esfuerzo tremendo y con sacudidas de terror, mis paseos incansables por esta habitación (mi último refugio terrenal), escuchando todos los ruidos que pueden significar una amenaza. ¿Morirá Hyde en el cadalso? ¿Encontrará en sí mismo el valor suficiente para liberarse de sí mismo en el último instante? Dios lo sabe; a mí me tiene sin cuidado; esta es la hora verdadera de mi muerte y lo que venga después concierne a otro y no a mí mismo. Y por eso, al dejar la pluma encima de la mesa y proceder a lacrar mi confesión, pongo fin también a la vida del desdichado Henry Jekyll.

El extraño caso del Dr. Jekyll y Mr. Hyde (novela escrita, según el mito, en apenas tres días. Lo cierto es que en sólo seis meses vendió cuarenta mil ejemplares), de Robert Louis Stevenson, fue impreso en agosto de 2018, en Impreimagen, José María Morelos y Pavón, manzana 5, lote 1, Colonia Nicolás Bravo, CP 55296, Ecatepec, Estado de México.

Buque de **letras**